Alana Ghosten
e o Resgate da Deusa

Clovis Nicacio

Alana Ghosten e o Resgate da Deusa
de *Clovis Nicacio*

Consultoria e Projeto Gráfico
Casa do Escritor
www.casadoescritor.com.br

_____

Nicacio, Clovis,
Alana Ghosten e o Resgate da Deusa - 1 ª Edição
ISBN: 978-85-922293-3-7
Clovis Nicacio – São Paulo, Casa do Escritor: 2016
1.Ficção 2. Romance 3. Ação e Aventura Título I

Sumário

Prefácio

Desde que o primeiro casal foi obrigado a deixar o Paraíso, está acontecendo uma guerra entre o bem e o mal, onde o prêmio destinado ao vencedor é este mundo que mal conhecemos, disputado centímetro por centímetro.

Sempre que as forças do mal estão com alguma vantagem, o Criador intervém pessoalmente para restabelecer o equilíbrio, escolhendo alguém especial e alterando o rumo da História.

Nas primeiras intervenções foram usadas as mesmas armas do mal, e as consequências foram violentas. A mais catastrófica envolveu Noé e o Dilúvio, outra foi a destruição de Sodoma e Gomorra, houve a saga de Moisés dividindo o Mar Vermelho depois das pragas no Egito. Usar as mesmas armas do mal sempre provocaram muitas mortes. Com o passar dos séculos, o Criador foi mudando a tática.

A última intervenção conhecida foi bem mais sutil, há dois mil anos, quando nos enviou o Filho Dele e alterou a história do mundo apenas com palavras. Não foi preciso destruir cidades, nem populações inteiras, as mortes foram apenas espirituais e o alcance da mudança só ficou claro muitos anos depois. A reação do mal é que provocou muita violência, e a consequência é que o mundo nunca mais foi o mesmo.

Quem pode dizer quando e como será a próxima intervenção?

Ou, se já não aconteceu ainda mais sutilmente e só saberemos disto quando os historiadores no futuro identificarem que um mundo acabou, outro começou e que a história da humanidade já foi radicalmente alterada?

Alana Ghosten e o Resgate da Deusa

Introdução

Em 2013, o oitavo dia do mês de março foi uma sexta-feira, e foi uma boa data para fazer compras. Já havia passado o Natal, o Ano Novo e o Carnaval, épocas em que todo mundo fica alucinado para gastar dinheiro, quando os compradores compulsivos entopem os shoppings, os supermercados, todas as lojas e todas as ruas.

Alana se sentia muito bem podendo circular calmamente por todos os corredores daquele hipermercado da Avenida Salim Farah Maluf, no bairro do Tatuapé, onde morava. Tinha tempo e espaço para avaliar bem tudo o que precisava comprar.

Ainda estava se habituando à sua nova vida, alterada radicalmente três meses antes. Estava em lua de mel, apesar de ainda não existir nenhum documento que atestasse que estava casada. Seu marido foi um presente do destino. Ele ainda precisava resolver algumas questões pessoais antes de oficializarem o casamento formalmente, embora estivessem morando juntos há seis meses. Cada um vivia procurando coisas para agradar ao outro, tentando demonstrar o enorme amor recíproco que sentiam. Nesta tarde ela procurava ingredientes para um jantar especial planejando surpreendê-lo.

Se sentia segura por estar vivendo com seu marido eleito pelo destino. Em outra época ela saberia do erro que isto significava.

Preocupada com o carrinho de supermercado cheio de compras, que estava empurrando no estacionamento em direção ao carro dela, não percebeu os dois jovens que a seguiam a distância, usando estranhos óculos escuros e mantendo as mãos nos bolsos das calças, como se segurassem alguma coisa. Os dois rapazes não tiravam os olhos dela. Ele deveria tê-los notado, se não estivesse tão desatenta.

Ela nem percebeu a Van negra de vidros cobertos por filme escuro que virou cerca de vinte metros mais para trás, e acelerou parando a poucos metros das costas dela, enquanto a porta lateral era aberta.

Quando seu aguçado e entorpecido instinto de sobrevivência alertou que alguma coisa estranha acontecia, já tinha duas mãos fortes agarrando seus braços por trás. Conhecia aquele movimento, mas as lembranças não eram nem um pouco agradáveis. Antigamente os batedores agiam assim quando saíam em duplas para capturar alguém. Não teve tempo de reagir, porque uma terceira mão lhe espirrou um spray no rosto. Alguma coisa com um cheiro horrível, lembrando clorofórmio com alho. Não pensou em mais nada, sentiu que desfalecia...

Os dois rapazes viram a Van e quando ela parou, mas depois tudo foi rápido demais. Através dos óculos especiais, viram a porta se abrindo e algo como duas sombras avermelhadas se atirando sobre a moça, que foi levantada como uma pluma e levada para dentro da Van, que teve as portas fechadas e partiu em disparada. Tudo em poucos segundos, sem possibilidade de ver detalhes, nem a aparência dos atacantes. Mas eles sabiam quem, ou melhor, o que aquelas sombras vermelhas eram.

Correram até o carrinho de supermercado abandonado tentando ver para onde a Van seguia, mas a perderam de vista quando saiu do estacionamento correndo pela avenida.

A bolsa da mulher estava no ombro dela quando foi levada, mas uma pequena carteira caiu no carrinho quando ela foi levantada. Continha os documentos do carro em nome de Alana Ghosten, sua Carteira de Habilitação mostrando um lindo rosto sorridente e um cartão de visita com o mesmo nome, indicando Secretária Executiva ao lado do logotipo de uma empresa: LightYear Brasil.

Tudo o que os dois já esperavam, exceto pelo rapto. O japonês que segurava os documentos mostrou-os para seu companheiro alemão, dizendo:

— Alvo confirmado.

O loiro alemão pegou um telefone celular e fez uma ligação. Quando atendida, comunicou:

— Comandante, más notícias. Os vampiros levaram Madame Pin.

Parte 1 — Caçadores

1 — Santa Ifigênia

Nada mais natural do que sediar uma empresa de produtos eletrônicos num centro de comércio de eletrônicos. Isto justificava o fato do prédio de cinco andares da "VH Eletrônica Comercio e Industria" ficar na Rua Santa Ifigênia, no centro de São Paulo. Uma região onde vários quarteirões eram ocupados por este comércio específico. Mas este não era o único motivo da localização da VH.

A poucas esquinas de distância daquele prédio fica a região conhecida como "Boca do Lixo", ocupada por traficantes e consumidores de drogas, cheia de inferninhos e zonas de prostituição. Um paraíso para vampiros desavisados.

O Diretor da VH Eletrônica, Érico Apolônio, sabia das piadinhas que circulavam por todas as sedes das outras empresas que compunham o conglomerado "VH Enterprises". A mais conhecida dizia que a Base São Paulo dos Caçadores de Vampiros era a única que caçava no próprio quintal.

Mas não eram as piadas que preocupavam o Comandante Apolônio nesta manhã. Tentava entender o que estava acontecendo, desde que recebeu o telefonema do Agente George informando o sequestro de Madame Pin. Trabalhavam no caso há coisa de quinze dias, desde que receberam aquele informe do Comandante Kawasaki, da Base Tóquio.

Kawasaki descobriu o paradeiro de Madame Pin por pura sorte. As empresas do grupo VH trabalham em conjunto com Governos, Bancos e quaisquer órgãos que facilitem encontrar e neutralizar vampiros, pelo mundo todo, desde que o conglomerado foi criado. O grupo é a fachada de uma organização que já existe há séculos, sempre perseguindo e destruindo vampiros, seus inimigos mortais. Usam tecnologia de ponta, a única forma de se igualarem com o poder do inimigo. Esta tecnologia também é usada para conseguir polpudos contratos comerciais permitindo captar dinheiro e financiamento para as pesquisas.

Muitas cidades grandes nos cinco continentes têm bases dos Caçadores. Tóquio sedia a "VH Advanced Research", especializada em tecnologia e pesquisa antitruste. No momento estavam desenvolvendo um programa secreto junto com o Governo e os maiores bancos locais para identificar lavagem de dinheiro, monitorando grandes contas de investimento sem movimentação ou pouco movimentadas. Claro que nenhum correntista sabe destes programas, pois tudo sempre é feito no mais absoluto sigilo. Os técnicos da VH não movimentam valores, trabalham apenas obtendo informações, com supervisão governamental, como qualquer outro órgão de Inteligência.

Um dos programadores da VH teve a ideia de incluir um sniffer no projeto: um programa que procura por palavras pré-definidas. Para testar o sistema ele pegou nomes nos arquivos-X dos Caçadores, os arquivos que registram casos sem solução e fez o programa procurá-los entre os correntistas. Foram surpreendidos quando o programa encontrou duas contas em nome de Pin Yang, uma das mais misteriosas e antiga inimiga dos Caçadores, e ambas as contas movimentadas no final do ano anterior. Eram contas bem antigas, abertas logo depois da Segunda Guerra, numa agencia italiana. As duas juntas somando mais de dois milhões de dólares. As duas últimas movimentações foram relativamente pequenas: de uma conta foi transferido 50 mil dólares para uma pessoa física no Brasil, de nome Claudius Oliveira. Da outra houve uma transferência de 500 mil dólares para uma pessoa jurídica em New York, uma empresa chamada "LightYear Software".

Foi então que tiveram outro golpe de sorte: todos os programadores são fanáticos por tecnologia e os da VH japonesa assinam a maioria das revistas especializadas americanas. Várias delas publicaram uma reportagem com fotos, na edição de janeiro, sobre a abertura de uma subsidiária da LightYear no Brasil, em dezembro, de propriedade de Claudius Oliveira. Investigando o nome e com a descrição de Madame Pin obtida dos arquivos, acabaram por reconhecê-la nas fotos: está se passando pela secretária de Claudius.

Todos os pontos se ligaram. Imediatamente todas as bases no mundo inteiro foram notificadas do paradeiro de Madame Pin.

A Base São Paulo foi encarregada de investigar e na última semana eles colocaram Madame Pin sob vigilância permanente, tentando descobrir qual seria o golpe desta vez e se Claudius sabia do perigo que estava correndo. Ele parecia não estar envolvido ou mesmo saber da existência de vampiros, aparentando ser apenas um laranja. Mas precisavam investigar.

Se Madame Pin está na jogada, significa que os vampiros têm um plano para algo grande. Todos os arquivos sobre ela, obtidos em mais de 250 anos, diziam isto: ela esteve envolvida em um roubo de milhões de dólares em joias, depois resgatou dois perigosos vampiros dizimando um batalhão inteiro de guardas, esteve na corte austríaca planejando a Primeira Guerra Mundial, onde dizimou outro batalhão de Caçadores fortemente armados, e todas as vezes desapareceu no ar como por encanto. Ninguém sabe exatamente o que ela é: se vampira, bruxa ou demônio.

A batata quente ficou para Apolônio: agora aquele demônio sanguinário aparecia no Brasil, ali bem debaixo do nariz dele. A Base New York já estava investigando a LightYear americana, que tudo indica ser o alvo desta vez. É urgente descobrir o que eles têm que atraiu a atenção dos vampiros.

O sequestro desta tarde é uma ponta solta. Por que os vampiros a teriam sequestrado? Será que já tinham farejado os Caçadores e a estavam protegendo? Parecia uma repetição do primeiro relatório, de 250 anos antes, que afirmava com todas as letras que Madame Pin não é uma vampira. Os agentes confirmaram que ela não evita o sol. Mas o que ela é então?

Sentia que alguma coisa está cheirando mal. E deve ser enorme. Não pretendia ser o autor de mais um arquivo-X, é preciso resolver este mistério, e logo.

Ligou novamente para os agentes. Ordenou que trouxessem Claudius para interrogatório.

Enquanto não chegassem ele iria para a sala de treino, dar porradas num saco de areia, para poder pensar melhor.

2 — LightYear Software

Steve York adorava o seu trabalho, desde os mais complicados até mesmo os mais fáceis, como aquele, apesar de ser cansativo. Desde que terminou seu treinamento no Centro de Tel Aviv nunca mais teve folga, exceto suas férias legais. Nos três primeiros anos como agente de campo já tinha conhecido metade das bases espalhadas pelo mundo e participado de mais de vinte missões. Oito anos depois do treinamento e com apenas 28 anos de idade, era considerado um veterano e era respeitado no mundo todo, como um dos melhores agentes da Corporação. Tinha se especializado em contraespionagem.

O trabalho não deixava tempo para pensar no que lhe incomodava. Cada vez mais sentia falta daquela colega, a que foi treinada na mesma equipe em Israel, com a qual tinha tido um relacionamento e que a organização não podia saber. Namoraram escondido pelos últimos dois anos do treinamento. De forma alguma poderiam pedir para trabalhar juntos, era contra as regras que exigiam nada de envolvimento pessoal, pois isto poderia pôr em risco as pessoas e as missões. Era duro saber que ela estava em outro hemisfério. Fazia quase um ano desde que a viu pela última vez, e sentia muita saudade. Somando tudo, eram quase dez anos de saudades acumuladas, mas regras eram regras.

Esta missão que lhe deram agora era simples, como se fosse apenas mais uma distração. Desta vez estava trabalhando em casa, New York City, e só precisava investigar uma companhia que aparentemente era alvo do interesse dos vampiros. Seu Comandante não era de falar muito. Disse apenas que os japoneses tinham localizado no Brasil uma vampira sanguinária muito procurada, que estava ligada com a subsidiária recém-inaugurada desta Companhia. Sua missão era identificar o que havia ali que pudesse ser do interesse dos vampiros. Coisa fácil, espionagem industrial pura e simples. Ele gostaria que fosse alguma coisa mais emocionante, como a captura de alguns vampiros ou mesmo o interrogatório de um deles.

No ano anterior assistiu a um interrogatório na frigideira de Nevada. Os Caçadores mantinham seus Centros de Interrogatório, as Frigideiras, nos locais onde o sol era mais quente e brilhava a maior parte do ano: Nevada no Texas, Cairo no Egito, Ribeirão Preto no Brasil, entre outras. Geralmente só precisavam acorrentar o vampiro numa cadeira resistente e deixá-lo tomar sol por algumas horas. Filmando e gravando tudo. A pele deles formava bolhas e fumegava quase na mesma hora, revelando os monstros que eram na realidade. Aquilo devia provocar uma dor terrível, pelos gritos que emitiam. Na sombra se regeneravam. Bastava poucas horas entrando e saindo do sol para contarem tudo o que fosse perguntado. Vampiros mais velhos tinham menos resistência e os realmente velhos duravam poucos minutos. Mas estes eram raros, muito difícil de serem capturados. Quanto mais velho o vampiro menor a resistência ao sol.

Era preciso ter estomago forte para acompanhar um interrogatório até o fim. Daquela vez o sujeito fritou até morrer repetindo sempre uma mesma palavra. Perguntado sobre quem era o responsável pela morte de um grupo de estudantes, ele só repetia "Shogun". Não viu o relatório final daquele caso, mas deveria ter apenas um parágrafo. Ou uma só palavra.

Agora era ele quem precisava preparar um relatório, e pelo jeito também teria só um parágrafo. Já havia duas semanas que tinha plantado as escutas, as câmeras fotográficas e as filmadoras minúsculas na LightYear, bem escondidas e ativadas automaticamente por movimento ou som. As imagens e sons capturados eram transmitidos para um Notebook que ele escondera no estacionamento. Nesta noite tinha substituído o Hard Disk do equipamento, pois já estava quase cheio e na tranquilidade do seu apartamento estava há horas assistindo e ouvindo o que tinha sido gravado. Nada que valesse a pena, só atividade normal de uma empresa como aquela.

Ainda estava divagando quando alguma coisa chamou sua atenção na tela do monitor: as imagens mostravam um veículo grande, uma SUV negra de aluguel entrando no estacionamento e parando numa vaga reservada da Diretoria. Não era um carro da Companhia, já tinha visto praticamente todos. Do carro desceram dois homens vestindo roupas pretas, inclusive com óculos escuros. Quem usaria óculos escuros num estacionamento?

A resposta estava em seu treinamento, aqueles cinco anos não foram em vão. Os sinais estavam ali, era o que procurava. Todos os seus sentidos despertaram, sua adrenalina subiu, era o momento em que o Agente Steve realmente entrava em ação.

Pegou o mouse, o teclado e começou a digitar os comandos para obter o melhor ângulo das imagens, escolher as fotos que melhor tinham registrado aqueles visitantes, as gravações da conversa na sala de espera e da outra conversa com o executivo. Tinha um tesouro ali. A data da gravação indicava sexta-feira, primeiro de março, exatamente uma semana antes.

Só faltava uma coisa. No dia seguinte teria que invadir a LightYear novamente, para examinar o registro da recepção e descobrir com que nomes aqueles vampiros se apresentaram. Precisava confirmar o nome que ficou registrado nas gravações. Ninguém responderia se perguntasse, então era preciso mais um serviço de espionagem, outro trabalho secreto. Sua especialidade.

Aproveitaria para recolher seus brinquedos, já que aquela era mais uma missão concluída.

Seu relatório tinha várias páginas, com fotos, imagens filmadas e arquivos de som. A partir desta data os Caçadores saberiam quem usa o nome Shogun.

3 — O interrogatório

Claudius já estava muito impaciente, andando sem parar de um lado para outro da pequena sala. Nem mesmo saltar por cima do sofá, indo de uma parede até a outra da sala estava ajudando.

Alana nunca demorou tanto para voltar para casa, quer dizer, para o apartamento. Já tinha ligado para a "Amor Perfeito" e tinha sido informado que ela não fora trabalhar neste dia. Pela manhã ela já tinha lhe dito isto, mas era preciso confirmar. Disse que planejava fazer compras e que depois queria preparar um jantar surpresa.

Passou o dia todo na LightYear imaginando o que seria a tal surpresa. Ficava impaciente e irritado quando estava longe da sua amada, todas as sextas-feiras. Desde o ano novo Alana trabalhava dois dias na floricultura da mãe e dois junto com ele, como a eficiente secretária que era. Na loja ela agora treinava uma nova florista que a mãe tinha contratado. Era o jeito que ambas tinham combinado, já preparando o afastamento definitivo dela da floricultura.

Nos dias em que sua amada estava perto as horas voavam. Nos outros parecia que o tempo parava, de tanta saudade que sentia. Nas sextas ela folgava, para fazer algumas atividades domésticas, como aquelas compras. Era o dia em que ele chegava ao apartamento, e encontrava Alana o esperando para trocarem um longo beijo, antes de qualquer outra coisa.

Mas nesta noite não tinha compras, não tivera beijo e não tinha Alana. Era óbvio que alguma coisa tinha acontecido, e ele não tinha a menor ideia do que fosse ou do que fazer. Doía perceber o quanto estava dependente dela, quando deveria ser ele a cuidar da sua deusa.

Estava se acostumando com seus poderes recém adquiridos, a super força, a super velocidade, a capacidade de se curar. Sua aparência não mudou nada, continuava aparentando mais de cinquenta anos, cabelos só um pouco menos grisalhos, a mesma barriga e pouca estatura. Mas agora se questionava: para quê ter superpoderes se nem sabia onde procurar a esposa. Dona Naomi estava na floricultura e ele já tinha disfarçado quando ligou para ela, mudando de assunto quando percebeu que Alana não estava lá. Não queria preocupá-la com o que nem sabia o que era. Se sua esposa não estava com ele e nem com a mãe adotiva, onde estaria?

Tentava imaginar para onde ela teria ido sem avisar, por tanto tempo. Seria parte da surpresa que estava sendo preparada? Duvidava disto.

Eram mais de vinte horas quando a campainha do interfone deu sinal de que estava para tocar. Num piscar de olhos já estava sobre o aparelho, antes mesmo da metade do toque, usando sua nova super velocidade. Atendeu, muito nervoso.

O porteiro do edifício informou que dois rapazes o estavam procurando. Autorizou que subissem, sem nem mesmo perguntar quem eram. Quando o interfone acabou de se encaixar no gancho, ele já estava na porta do elevador, aguardando os visitantes.

Os dois rapazes, um loiro e um japonês, pareceram não se importar por serem recebidos no corredor, e nem com o nervosismo aparente dele. Eram frios como soldados. O diálogo foi rápido, iniciado pelo japonês:

— Senhor Claudius?

— Sim, sou eu.

— Eu sou Ricardo e este é George. Somos investigadores de uma agencia particular. O senhor conhece a senhorita Alana Ghosten?

— Sim, é minha secretária. Aconteceu alguma coisa com ela?

Um suor frio lhe empapava a nuca.

— O senhor reconhece estes documentos?

O japonês tirou uma pequena carteira do bolso e a entregou. Eram os documentos do carro de Alana, com a Carteira de Habilitação dela e um cartão de visita.

— Sim, isto é dela. Pelo amor de Deus, o que houve?

Estava cada vez mais desesperado, tentando se controlar para não pular no pescoço dos rapazes e arrancar a estória pela força.

— Encontramos este documento dentro de um carrinho de supermercado, abandonado ao lado do carro dela. Nosso chefe acredita que sua secretária foi sequestrada. Ele gostaria de falar com o senhor. Se importa de nos acompanhar?

— Sequestrada?

Sentiu um arrepio. Sabia que Alana não se deixaria levar sem luta, e era uma guerreira poderosa. Tinha mais coisa ali.

— Só vou fechar o apartamento, me deem um minuto.

Sem ter a menor ideia do que fazer, tinha que verificar o que aqueles rapazes sabiam. Acompanhou-os, fazendo um esforço sobre-humano para aparentar a maior calma possível.

Seguiram no carro dos rapazes, ele no banco do carona, o loiro dirigindo e o japonês no banco de trás. Conversaram pouco, todos pareciam tensos com a situação. O japonês contou qual era o hipermercado, que tinham encontrado o carrinho abandonado por acaso e perguntou se ele conhecia alguém para ir buscar o carro. Mas teriam que levar um chaveiro, já que não haviam visto nenhuma chave.

Claudius tinha muitos anos de experiência como Analista de Sistemas, acostumado a observar todos os pequenos detalhes em tudo, por menores que fossem, e nos últimos meses depois da transformação seus sentidos estavam muito mais aguçados. Quando respondeu que ligaria para a mãe da Alana para perguntar sobre uma chave reserva, notou uma quase imperceptível reação dos rapazes para a palavra "mãe". Foi o suficiente para ter certeza de que aqueles dois sabiam mais do que estavam contando.

Resolveu se calar, sabendo que o mais sensato é ouvir mais e falar menos.

O carro entrou na garagem de um prédio baixo, situado num quarteirão quase deserto e pouco iluminado da Rua Santa Ifigênia, no centro velho de São Paulo. Era uma loja de produtos eletrônicos, como a maioria daquela rua, fechada devido ao horário. Não havia mais movimento numa sexta, ás nove horas da noite, exceto por poucos moradores de rua.

Depois de estacionar, saíram da garagem por uma porta interna e entraram num elevador moderno comparado com a fachada da loja, subindo até o segundo andar. Notou que o elevador indicava quatro andares, mais o térreo e a garagem. Ultimamente andava prestando atenção até nestes pequenos detalhes, involuntariamente.

Foi escoltado até uma sala pequena, de três por cinco metros, sem janelas. Havia apenas uma mesa de madeira no centro e duas cadeiras, uma de cada lado da mesa, como aquelas salas de interrogatório que se veem nos filmes policiais. Nada em cima da mesa. Nenhuma decoração nas paredes pintadas de amarelo claro e apenas uma lâmpada fluorescente no teto. Uma sala realmente enervante. Na cadeira mais ao fundo tinha um homem sentado, usando um paletó amarrotado. Um grandalhão, com cabelos curtos a moda militar, rosto comprido e expressão séria. Mesmo só aparecendo metade do corpo, era evidente que era forte e musculoso como um lutador.

O homem dispensou os rapazes com um gesto, que saíram e fecharam a porta. Claudius não ouviu passos se afastando, deduziu que os dois permaneceram no corredor vigiando do lado de fora.

O grandão se apresentou, com um jeito meio rude, mandão, exibindo a origem militar:

— Senhor Claudius, eu sou Érico Apolônio, responsável por esta Agencia de Detetives. Não gosto de perder tempo, e como a hora já está adiantada, vou dizer o que sei e em seguida o senhor me dirá o que sabe. Quanto antes terminarmos, mais cedo poderemos ir para casa. O senhor já deve estar sabendo do sequestro de sua secretária. As evidências são claras, estamos acostumados com acontecimentos assim, faz parte do nosso trabalho.

Claudius apenas assentiu com um gesto de cabeça, não respondeu. Ele não queria ir para casa, queria ir para onde Alana estivesse. O homem continuou.

— Tomei a liberdade de fazer algumas investigações esta tarde, para entender o que pode ter acontecido. Foi como obtivemos o seu endereço, entre outras coisas. Sabemos que o senhor foi beneficiado com duas transferências de valores de bancos japoneses, pouco antes do natal. O senhor conhece a origem do dinheiro?

— Não foram duas, foi uma só. Veio de um Fundo Internacional de Ajuda a Empresas Embrionárias, foi minha secretária quem negociou. Mas o que isto tem a ver com o sequestro?

O Comandante Apolônio tinha experiência com interrogatórios. Ele sabia que precisava pegar duro e bater firme, para obter logo a informação que queria. Respondeu bruscamente:

— Sua secretária mentiu para o senhor, nisto e em várias coisas mais. Foram duas transferências, temos cópias dos extratos. Uma de 50 mil dólares para sua conta pessoal e outra de 500 mil para a empresa americana que o senhor representa. Vai dizer que não sabia disto?

Aquilo acertou Claudius como se fosse um murro no estômago. Ele se lembrou da reunião em Nova Yorque, de quando os americanos pediram a tal garantia comercial. Alana tinha escondido isto dele, ou pior, como o grandalhão dizia, tinha mentido. Isto doeu.

— Não senhor, eu não sabia. Mas como o senhor sabe disto?

— Eu que faço as perguntas! Temos associados no Japão, que identificaram as duas contas da sua secretária. As duas juntas somam mais de dois milhões de dólares. Insisto, o senhor conhece a origem desse dinheiro?

— Como é que é?

Outro murro na barriga. Como Alana podia ter dois milhões e nunca ter lhe contado? De dólares. Com certeza não era da venda de flores.

— Deve ter algum engano. As contas não devem ser dela...

— Temos certeza que são. Isto nos leva a próxima questão. O senhor a conhece como Alana Ghosten mas sabemos que ela também usa o nome Pin Yang. O senhor alguma vez ouviu esse nome? Qual é o verdadeiro e qual é o falso?

Agora fazia sentido. Alana já tinha contado que usou aquele nome uma vez, em homenagem a uma menina que foi barbaramente assassinada séculos antes. Se aquele brutamontes conhecia este nome só podia significar uma coisa: estava na presença de um Caçador de Vampiros, ou melhor, de um exterminador de vampiros.

Precisou de um minuto para processar todas as informações e tomar uma decisão.

Se estava sendo interrogado daquela forma era porquê eles não tinham Alana. Se estivessem com ela, ele seria simplesmente ignorado, como sempre acontecia. Não foram os Caçadores que a sequestraram, portanto só pode ter sido os próprios vampiros. Ela tinha mudado muito no último século. Derrotou o sol, a sede de sangue e se curou. Eram segredos que deviam ser o maior sonho de consumo de qualquer vampiro, que matariam para obtê-los. Ou seja, Alana está correndo um perigo mortal.

Fazia poucos meses que ele também foi transformado num deus e isto não pode ter sido por puro acaso. Sabia que tinha a obrigação e a capacidade de salvá-la e que não havia muito tempo. Só não sabia como fazer isto. O destino que o casou com ela estava ajudando novamente: lhe oferecia os Caçadores, os únicos que poderiam saber o que fazer. Aqueles que a consideravam uma inimiga mortal, e que queriam exterminá-la.

Não tinha opção: gostando ou não, precisava da ajuda dos Caçadores. Por bem ou por mal. Decidiu virar o jogo.

— Senhor Apolônio, o senhor começou esta conversa dizendo que diria o que sabe, e em troca eu diria o que o senhor não sabe. Concordo com isto, então suponho que temos um acordo de cooperação mútua, estou certo?

O Comandante Apolônio se recostou na cadeira, sentindo que já estava para colher alguns frutos. Os interrogatórios que conduzia pessoalmente nunca demoravam muito.

— Pode-se dizer que sim, mas não me parece que o senhor saiba de alguma coisa até agora.

— Eu vou lhe dizer: a primeira coisa que o senhor não sabe é que eu vou me casar com Alana, assim que resolver algumas questões pessoais. Portanto, cada vez que o senhor se referir a minha futura esposa, eu exijo que o faça com respeito!

O Comandante arregalou os olhos. Eram negros como a noite. Não estava acostumado a ser confrontado. Claudius continuou:

— A segunda coisa: EU vou buscar Alana, assim que o senhor me disser quem a sequestrou e para onde ela foi levada! Não temos tempo a perder, ela corre perigo.

— Devo admitir que ainda não tenho esta informação, mas mesmo que a tivesse por que eu contaria ao senhor? Não vejo como o senhor poderia resgatá-la...

— Então outra coisa que o senhor não deve saber: Alana não é mais uma vampira, ela está curada. Os vampiros não podem obter este segredo dela!

Apolônio se levantou, indignado.

— Senhor Claudius, vejo que o senhor sabe mais do que eu supunha e que está completamente louco. Deve ter ouvido mentiras demais, não existe cura para vampi...

Não terminou a frase. Ele pesava mais de cento e vinte quilos de puro músculo, era pelo menos quinze centímetros mais alto do que aquele homem e de um momento para outro estava sendo empurrado contra a parede do fundo, uns vinte centímetros acima do chão. Claudius o levantava pelo pescoço, com uma mão só, como se ele fosse um frango pronto para o abate, depois de simplesmente ter se materializado na sua frente. Falava calma e lentamente:

— Senhor Apolônio, acredite, existem mais coisas que o senhor não sabe. Eu mesmo já fui um vampiro e estou curado. Será muito melhor para todos se trabalharmos juntos, não me queira como seu inimigo...

Claro que toda aquela conversa estava sendo gravada e os dois agentes no corredor ouviam tudo, através de suas escutas. Quando ouviram as duas últimas frases eles correram para a porta e entraram de supetão, empunhando estranhas espadas, mas estancaram imediatamente ainda na entrada.

O Comandante estava em pé, apoiado na parede do fundo, pálido, resfolegando e massageando o pescoço. Claudius estava sentado calmamente em sua cadeira, do outro lado da mesa e nem sequer transpirava.

Nenhum deles entendeu nada.

4 — Pagando o pato

As baixas temperaturas do final do inverno em Genebra sempre estimulam o apetite, mas não estava dando certo neste dia. Este início de março estava atípico, com tudo aquilo acontecendo ao mesmo tempo. Havia tanta coisa, que nem tinha tempo para pensar em comida. Isto era muito frustrante.

Todos os comandantes dos Caçadores têm um hobby para seus raros momentos de folga. Apolônio gosta de treinar lutas; Alice desenha moda, roupas e sapatos; Kawasaki cultiva arvores anãs, as chamadas bonsai; Blacksword gosta de esportes aquáticos, Borislov curte música clássica. Todos os outros comandantes espalhados pelo mundo têm suas válvulas de escape.

O Comandante Geral dos Caçadores, Joseph Espério, gosta de cozinhar. É numa cozinha que ele consegue se concentrar, e enquanto as panelas fervem são tomadas decisões que podem afetar centenas de pessoas pelo mundo todo.

É dele a responsabilidade de decidir tudo o que acontece nas Bases, nos Centros de Treinamento, nos Centros de Recrutamento, nos Laboratórios. Foi dele a ideia de apelidar os Centros de Interrogatório de "frigideiras".

Não ter tempo para suas panelas o deixava extremamente irritado.

A correria começou com o relatório de Kawasaki no mês anterior, informando o paradeiro de Madame Pin. Aliás, isto era mais uma vitória para seu método de administração, que já durava trinta anos. Neste período ele mesmo evoluiu junto com a organização: desde um simples agente de campo, depois comandante de base, até chegar a CEO, "Chief Executive Officer", o manda chuva geral de todas as VH Enterprises. Em todos os seus anos no comando, sempre estimulou a modernização das empresas, trocando computadores pelos mais modernos, interligando todas elas numa rede única, investindo em tecnologia. Seus laboratórios agora estavam entre os mais modernos do mundo, criando coisas que ninguém nem imaginava possíveis, desde armas futuristas até programas de computador. Tinha plena consciência da superioridade dos vampiros, com seus superpoderes, sua capacidade física, sua falta de escrúpulos. A única forma de superá-los era com inteligência e tecnologia.

O bom trabalho dos japoneses no mês anterior, usando aquele programa sniffer, foi o estopim para uma revolução em todo o conglomerado VH. Depois da descoberta, ordenou implantar o programa em todos os computadores da corporação, não apenas para contas de investimento, mas em todos os cadastros disponíveis, incluindo sociedades comerciais, seguros, listas de aeroportos. Este era o motivo para não ter tempo para mais nada. A coisa virou uma bola de neve.

A descoberta da localização de Madame Pin foi o que levou à investigação da LightYear. Em consequência, o relatório do Agente Steve revelou a identidade de Shogun, um outro inimigo misterioso, procurado há séculos. Aquele nome sempre aparecia na maioria dos relatórios que vinham das frigideiras, mas nunca puderam identificar de quem se tratava. Os melhores analistas diziam que devia ser um título, não um nome. Os vampiros interrogados fritavam dizendo que Shogun era o Imperador dos Vampiros. Nem os melhores programas de computador conseguiram revelar alguma coisa, o sujeito parecia um fantasma.

Agora Steve conseguiu um nome que processado pelos sniffers encheu uma página inteira. Realimentando os sniffers com aqueles novos nomes levou quase todos os computadores à loucura; a maioria estava processando a 100% de suas capacidades, quase derretendo. As impressoras cuspiam dezenas de páginas. Revelavam uma organização global quase tão grande ou maior do que a VH. Levariam uma década para investigar todos os nomes que apareciam, de pessoas ou organizações. O mundo inteiro está infectado. E o que é mais irônico: a multinacional dos vampiros é reconhecida mundialmente pelos seus bons serviços na área da saúde pública!

Neste momento não havia mais nenhuma dúvida sobre a ligação de Shogun com Madame Pin, o que já é um grande avanço. Mas ainda existe o mistério de como ela sobrevive sob o sol. Aliás, tudo o que sabem sobre ela são mistérios, exatamente como o que sabem sobre Shogun.

O último relatório recém-chegado de Apolônio, pedindo instruções, punha mais caldo no feijão. Nada fazia sentido.

Ele disse que estava com o "Marido da Vampira", o sujeito que contratou Madame Pin como secretária e afirma ser um vampiro "curado". E ainda por cima insistindo que ela deixou de ser vampira, que também está curada.

Para complicar, Apolônio aplicou todos os testes de vampiros conhecidos no sujeito e a maioria deu negativo. Um agente até extraiu seu próprio sangue com uma seringa e encheu uma taça para oferecer ao sujeito. O homem nem reconheceu o que era e ficou enojado quando soube que era sangue O+, fresco e quente. Nenhum vampiro teria resistido.

Os testes que deram positivo foram a avaliação de força, quando dois manômetros foram pulverizados; os testes de velocidade quando deu quatro voltas no quarteirão em poucos segundos e o teste de regeneração: fez um profundo corte a faca no próprio braço, que se fechou imediatamente, sem deixar nenhuma cicatriz.

E o tempo todo Claudius afirmava que estavam se distraindo com brincadeiras bobas, quando a prioridade deveria ser o resgate da sua futura esposa.

Se não era um vampiro, então devia ser um alienígena.

A única coisa concreta que eles tinham no momento, segundo o relatório de Steve, era que Madame Pin, ou Alana como eles a estavam chamando agora, teria sido levada para a "Casa de Sophie". Os sniffers não encontraram nada com este nome, mas ainda estavam rodando.

Enquanto não achavam nada, deu ordens para Apolônio manter o marido da vampira sob vigilância permanente. Podia escalar os três melhores agentes sediados no Brasil para isto: George, Ricardo e Cora. Eram três dos sete melhores de toda a organização. Para matar o tempo e a ansiedade eles podiam usar o sujeito para treinamento de combate. Nenhum agente nunca teve a oportunidade de treinar com um sparing que tinha aquela força, velocidade e ainda se recuperava na hora se fosse atingido. Não podiam desperdiçar aquela oportunidade única.

Para fechar o dia precisava urgentemente de um fogão. Horas antes havia ligado para um criador de aves na periferia de Genebra. A caminho de casa passaria lá para pegar a ave viva que encomendou. Queria matar o pato, limpá-lo, picar em pedaços e fazer um guisado com molho de conhaque e alcaparras, temperado com alecrim, para devorar ainda no jantar.

Era ele quem estava irritado e nervoso, mas o pato é que iria pagar o pato.

5 — Um segredo

O fim de semana foi terrível para Claudius. Desde que foi interrogado na noite de sexta, ainda não tinha voltado para seu apartamento. Talvez até pudesse, se tivesse pedido, mas não tinha nada a fazer lá. Assim ficou todo o fim de semana na sede dos Caçadores.

A pior parte foi a bateria de testes a que foi submetido, na sexta à noite, para saberem se era um vampiro. Um dos agentes chegou até a lhe oferecer um cálice de sangue, a coisa mais ridícula. Suportou toda aquela provação sem protestar, pois sabia que dependia deles para achar Alana e queria conquistar alguma confiança.

A manhã do sábado chegou sem que tivesse conseguido dormir nenhum minuto. Seu corpo se regenerava constantemente, não sentia cansaço, mas sua mente precisava de algum descanso. Mesmo assim tentava participar de tudo o que lhe era pedido. Nunca estava sozinho, havia sempre pelo menos um agente em sua companhia. Logo percebeu que isto devia ser alguma ordem para que fosse vigiado. Notou também que eram sempre os mesmos três agentes, juntos ou se revezando.

Já conhecia todos os três. Os dois rapazes que estiveram em seu apartamento eram George Schuls, o loiro alemão e Ricardo Suzuka, o japonês. Aparentavam ter entre vinte e cinco e trinta anos. O terceiro agente era uma garota, a quem chamavam Agente Cora. Ela tinha se apresentado como Coraline Lorde, brasileira.

Cora era tão jovem quanto Alana, quer dizer, quanto a idade aparente de Alana, pouco mais de vinte anos. Era loira, corpo pequeno, mas muito bem definido, muito bonita, e era evidente que não ficava à vontade na presença dele.

Notou que os agentes lhe faziam companhia apenas para cumprir ordens. Tomou o café da manhã no refeitório do prédio, na companhia dos três. Terminado o café foi convidado para assistir ao treinamento de combate deles, num salão que ficava no segundo andar, a Sala de Treinos. Estava apenas observando quando Cora o convidou a participar. Como ela não demonstrou estar à vontade ao fazer o convite, soube que aquilo também deveria ser uma ordem dos comandantes. Não era um problema, já que ele mesmo precisava de distração.

Nunca tinha lutado antes, mas com sua velocidade e força foi fácil se esquivar dos golpes que recebia, conseguiu aparar outros e com o tempo até arriscava contra-atacar. Os agentes eram treinados em várias modalidades de luta, inclusive usando técnicas ninja. Lutavam com facas, espadas e outras armas brancas. Estava fácil neutralizar quase todos os golpes, mesmo quando atacavam os três juntos. Alguns o acertaram, mas seu corpo se curava quase no mesmo momento.

Depois de duas horas treinando, os quatro já estavam se divertindo, a animosidade desapareceu. Mérito do esporte. Quando neutralizava um golpe diferente, Claudius interrompia o treino e mostrava ao atacante onde tinha falhado, sugerindo melhorias. Os agentes gostaram disto. Assim a luta começou a ficar mais interessante, mais golpes corretos e menos interrupções com o tempo.

Cora era a que mais se destacava e em consequência, a que mais se divertia. Claudius ficou sabendo que ela tinha sido ginasta olímpica antes de ter sido recrutada, por isso tinha o corpo mais flexível, era mais ágil e tinha maior habilidade para se defender e atacar. Em um momento mais intenso do treino houve um acidente. Claudius se desviou de um golpe da faca de Cora, mas não percebeu que ela já antecipava seu movimento e contra-atacava com a espada. Seu braço foi atingido e a velocidade em que estava aumentou a força exercida pelo golpe. O corte foi profundo, chegando ao osso. O sangue jorrou longe.

O treinamento foi interrompido na hora, todos correram para ver o que aconteceu. Demorou quase um minuto para o corte se fechar e desaparecer. Cora era a mais impressionada, se sentindo culpada pela violência. Nunca pensou que podia ferir um companheiro tão gravemente. Se ele fosse um humano normal teria perdido o braço. Claudius sorriu para ela e a parabenizou pelo golpe tão bem aplicado. Era exatamente o que ela tinha que fazer, se fosse uma luta de verdade.

Ela sorriu de volta, pela primeira vez. Se ofereceu para ir até a rua, comprar uma roupa nova para Claudius, pois a dele estava toda suja de sangue. A partir deste momento se tornaram amigos.

Depois de uma ducha nos vestiários e de uma troca de roupas, todos foram almoçar e descansar um pouco na sala de recreação onde havia videogames, TV, livros e revistas, e vários tipos de jogos de mesa. Os quatro já conversavam sem restrições. Claudius ficou sabendo que os três se conheciam desde o ano 2000, pois tinham participado da mesma equipe no treinamento em Tel Aviv, em Israel. Além daqueles três havia mais quatro jovens na equipe, um de cada parte do mundo. Uma russa, uma inglesa, um sul africano e um americano. Os sete se consideravam uma família, unidos pelos cinco anos que passaram juntos no treinamento. Claudius notou que Cora ficou calada e pensativa durante esta conversa.

Á tarde George propôs que fizessem um novo treinamento de combate, mas desta vez usando as armaduras, para que ninguém se machucasse. Claudius não sabia do que ele estava falando.

— Que armaduras, George?

Ele explicou:

— Humanos não tem nenhuma chance lutando corpo a corpo com vampiros, você mesmo nos derrotou com muita facilidade nesta manhã. Então há séculos estamos desenvolvendo armaduras especiais para combate. Nos últimos anos, nossos laboratórios aperfeiçoaram materiais sintéticos superleves e maleáveis, mas que tem a dureza do aço. Cobrem nossos corpos completamente, como se fosse uma segunda pele.

— Isso, e tem os capacetes para proteger a cabeça. — Ricardo completou.

George prosseguiu.

— Os capacetes são de outro material, com a mesma resistência, mas transparentes quando olhados de dentro para fora. São equipados com sensores que projetam uma tela na frente dos olhos, como aqueles dos pilotos de caça que vemos nos filmes. Permitem identificar quem é vampiro e quem é humano...

— Como isto é possível?

Foi Ricardo quem respondeu.

— Combinam sensores de temperatura com micro câmeras de infravermelho. Parece que os vampiros têm um sangue mais agitado, que gera um calor diferente. Os capacetes são ajustados para perceber as diferenças e projetam imagens em cores diferentes para humanos e vampiros.

Cora comentou:

— Estou curiosa para ver como você vai aparecer, se como humano ou vampiro...

Todos riram.

Claudius ainda estava curioso.

— Porque vocês não usam as armaduras todo o tempo em que estão de serviço, como se fosse um uniforme?

Foi Cora quem respondeu:

— Autonomia. Só as armaduras deixariam nossas cabeças expostas, seriam quase inúteis. Temos que usar junto com os capacetes que precisam de baterias e tudo precisa ser muito leve. As baterias são minúsculas. O conjunto completo isola o corpo completamente, então também precisa de um suprimento de oxigênio. Quando as baterias descarregam e o ar acaba, os capacetes são completamente inúteis e precisam ser tirados. Os que temos só duram uma hora...

George completou:

— Mas não costuma ser problema. Nunca soube de uma luta com vampiros que durasse mais de uma hora.... Normalmente tudo se resolve em minutos.

Os quatro seguiram para o arsenal, outra sala próxima da sala de treinos, em busca das armaduras. Demorou um pouco até acharem uma que servisse em Claudius, já que ele era baixo e estava um pouco acima do peso. Eram todas pintadas na cor negra, regra de segurança para uso noturno. O treino seguinte durou exatamente uma hora, o tempo que o equipamento aguentava.

Claudius gostou da experiência. Usando uma armadura parecia um robô daqueles filmes de ficção cientifica. Mas ninguém se machucou, mesmo usando as espadas com toda a força que tinham. Exceto ele, que não quis testar sua força contra os novos amigos.

Depois do treino os rapazes foram para casa. Ricardo combinou de voltar à meia-noite, tinha um trabalho a fazer. Claudius entendeu que era o revezamento para vigiá-lo, todos tinham que cumprir ordens, embora não pudessem admitir. Quer dizer que Cora ficaria grudada nele até a meia-noite. Gostou da ideia.

Ela tinha ficado mais animada depois do acidente da manhã, mas em alguns momentos ainda ficava calada e pensativa. Claudius respeitava isto, ele também ficava calado e pensativo cada vez que pensava em Alana. Sentia muita falta dela. Podia perceber que Cora escondia alguma coisa, ela também devia sentir muita falta de alguém

Sem ter o que fazer, ficaram conversando na sala de recreação. Ela lhe contou sua história. Que integrava a equipe de ginastas brasileiros na Olimpíada de 2000, em Sidney. Mas que não chegou a disputar nenhuma prova. Seu irmão, com dezessete anos na época, era outro atleta. Uma semana antes do início das competições receberam a notícia de que seu irmão tinha sofrido um acidente fatal. Como na época ela tinha apenas treze anos, não a deixaram ver o corpo e nem deram detalhes. Os responsáveis pela equipe abafaram o caso e a cortaram do time devido ao estresse psicológico. Teve que voltar ao Brasil no mesmo avião que trazia o caixão com o corpo do irmão.

Foi no cemitério durante o enterro que uma mulher desconhecida a procurou, informando que a morte do seu irmão não foi acidental. Que ele tinha sido encontrado sem sangue e com o pescoço quebrado, num beco perto do porto em Sidney. A mulher disse que sabia quem eram os assassinos e deixou um cartão de visitas, caso ela quisesse fazer alguma coisa a respeito.

Demorou uma semana para que acreditasse naquela conversa, depois de ligar para um monte de gente, a maioria ainda na Austrália. Só acreditou mesmo quando um médico da equipe, seu amigo, extraoficialmente confirmou aquele jeito estranho de morrer.

Ligou para a mulher, que mais tarde ficou sabendo ser uma recrutadora dos Caçadores, e na semana seguinte estava a caminho de Israel para iniciar seu treinamento de 5 anos. Era órfã e sua tia e tutora não fez nenhuma objeção, sabendo que o sobrinho estava morto e que ela tinha sido cortada da seleção, sem jogar.

Desenvolveu um ódio mortal dos vampiros que estragaram sua vida, primeiro por causa do irmão, e mais ainda depois que ficou sabendo como eles agem. No treinamento conheceu outros alunos, todos com alguma história parecida tendo perdido algum parente ou conhecido próximo, assistiu a muitos vídeos com imagens de vítimas, viu dezenas de fotos e até a filmagem de um interrogatório feito numa frigideira.

Claudius entendeu o motivo dela ter sido rude antes: ele ainda era chamado por vários agentes como "o marido da vampira". Com o tempo teria que provar a todos que também estava no mesmo barco, que podia odiar os vampiros, aqueles que tinham acabado de lhe tirar a única que estava curada...

Parte 2 — Vampiros

6 — Red Moon

Odiava compromissos durante o dia. Assim que voltasse a Paris deixaria bem claro para Donatello, para nunca mais pedir favores assim. Afinal, ele era Shogun, o Imperador dos Vampiros, os outros que ajustassem seus horários para recebê-lo.

Donatello tinha feito o pedido na véspera, por telefone, enquanto ele ainda estava em Washington DC:

— Mestre, consegui agendar uma visita na empresa de New York. Por favor, seria possível que o senhor passasse lá, antes da sua ida ao Brasil?

— Donatello, por que eu?

— Mestre, se a proposta deles for boa, ninguém mais tem autonomia para fechar o negócio.

— Você e Noboiushi têm.

— Mas não estamos aí...

A discussão se prolongou por mais dez minutos até que o Diretor o convenceu. De seus generais mais antigos, Donatello era indiscutivelmente o que melhor sabia como ganhar dinheiro. A Divisão de Informática da Red Moon era uma das responsabilidades do ex pirata e eles sabiam que alguns programas desenvolvidos pela LightYear seriam muito úteis para o negócio que estavam preparando no Brasil.

Significava mais uma expansão para seu império. Nos últimos cem anos, juntos, eles realmente conquistaram o mundo. Começou na Albânia, na virada do Século XIX para o XX, quando uma dúzia de samurais vampiros tomou um castelo. Assim que se estabeleceram no local, depois de viajar durante dois meses por mar, vindos do Japão, ele pessoalmente transformou o capitão do navio que os tinha transportado, Jacques Donatello, na época apenas um traficante de escravos comum.

Depois de transformado em outro vampiro a seu serviço, Donatello revelou uma extraordinária capacidade mercantil. Juntos com Noboiushi, outro notável estrategista, passaram a investir no tráfico de escravos, tráfico de bens e nobres, aluguel de mercenários e algumas outras atividades legais, sempre ganhando muito dinheiro. Formaram uma enorme frota de navios e um enorme exército de soldados e marinheiros. Fizeram muitos escravos, todos comandados e vigiados de perto por leais e ferozes vampiros.

Quando a Primeira Guerra Mundial começou, em 1914, o trabalho mercenário se revelou muito lucrativo. Seus soldados eram alugados para todos os exércitos, mantendo distância entre as próprias tropas, para que não se enfrentassem mutuamente. Tropas noturnas sempre foram muito letais e por isso muito requisitadas. Claro que seus clientes desconheciam que vampiros não respeitam lados. Começaram também com o tráfico de armas, comprando diretamente dos fabricantes, transportando nos próprios navios e vendendo para qualquer um que pudesse pagar. Não importava para qual bandeira, desde que houvesse muito dinheiro.

Quanto mais soldados se matando, mais eles tinham facilidade para obter um enorme suprimento de sangue fresco, sem chamar a atenção.

Durante a guerra suas atividades se concentraram na Frente Oriental, nas fronteiras da Servia, Rússia e nos Bálcãs, chegando até a Grécia. Na Frente Ocidental, principalmente entre a Alemanha e a França, acontecia a Guerra de Trincheiras, abundante em corpos mutilados que não chamava a atenção dos vampiros.

Quando a primeira guerra terminou, em 1918, o saldo dos vampiros foi um exército ainda maior, muito mais navios e muita influência junto aos militares europeus, tanto os ganhadores como os vencidos. Todos foram estimulados a se armar, amigos e inimigos, inutilmente tentando se prevenir contra a Segunda Guerra, que durou de 1939 a 1945. Nesta guerra, muitas das tropas de mercenários vampiros sediadas na Alemanha faziam a segurança dos campos de concentração, e até ajudavam os nazistas em experiências médicas e de extermínio.

Grande parte dos Generais vampiros foram graduados e até receberam medalhas dos nazistas por sua desenvoltura e habilidade no manuseio de corpos e pesquisas com sangue. Eram soldados perfeitos, sem medo e sem escrúpulos.

A ideia de Noboiushi quando a guerra terminou foi consequência direta do envolvimento com os nazistas, ao ver as dificuldades que tanto os vencedores quanto os derrotados sofriam. Noboiushi era o General mais antigo, seu braço direito por mais de 300 anos e sem dúvida era o mais inteligente de todos, sempre tentando ver uma oportunidade que melhorasse a existência de todos os vampiros. Suas ideias, aliadas com a habilidade comercial de Donatello, criaram um império gigantesco iniciado pela "Red Moon Healthy Support International".

Basicamente a Red Moon foi fundada para vender atividades de suporte para serviços médicos. Todos os países, na Europa e fora dela, só tinham investido em armas e atividades bélicas por muitos anos, e quando a guerra terminou, todos estavam sem condições de cuidar dos seus respectivos doentes e feridos. Todos os países aceitaram terceirizar o transporte de equipamentos médicos, de remédios e até mesmo de pacientes. Praticamente todos contrataram a Red Moon, que era a única no ramo especializada em tais serviços e que tinha uma frota própria, pessoal especializado, com influência em vários países, além de ser enorme e independente. Por trabalhar com atividades básicas de emergência, a Red Moon recebeu passe livre praticamente na maioria dos portos, aeroportos e fronteiras dos países que a tinham contratado, inicialmente repatriando doentes e feridos e auxiliando no tratamento de outros, levando remédios, profissionais e sangue para onde fosse necessário. Desde os anos 50 a Red Moon vinha estendendo seus tentáculos pelo mundo todo, se tornando uma gigante global que continuava a crescer, empregando milhares de pessoas pelo mundo inteiro, quase todos desconhecendo que trabalhavam para vampiros.

A parte legal do negócio era comandada por Donatello, o Diretor Financeiro Geral. Na sua esfera, além das Finanças e Informática, também tinha a divisão de Relações e Comercio Exterior, a de Recursos Humanos, Contabilidade e mais algumas. Os dois maiores generais diziam que comandavam um iceberg. A parte visível, acima da linha d'água, era de Donatello. A parte submersa, muito maior, era comandada por Noboiushi, o Diretor Geral de Operações e Logística. Era quem comandava a Divisão de Transportes, de Suprimentos Internos, de Segurança e a de Planejamento Operacional, incluindo os Serviços de Apoio.

Como a Red Moon tinha passagem livre em praticamente qualquer lugar, ficava muito fácil o tráfico de pessoas, armas, sangue, e qualquer outra coisa. Em todos os lugares havia fiscalização, e é claro, em todos os lugares a fiscalização podia ser burlada, normalmente através de subornos ou ameaças. Era uma das atividades das equipes de Noboiushi. Quando precisavam de alguma coisa mais eficaz ou mais urgente, era o Diretor de Segurança quem enviava uma Equipe de Convencimento, com uma única ordem: resolver o problema a favor da Red Moon, por bem ou por mal.

A Organização também contava com uma equipe de staff: as noivas de Shogun. Tinha sido outra ideia de Noboiushi, logo abraçada por Donatello. Shogun ficou reticente no início, mas depois acabou gostando do esquema. Era simples. Até o término da Segunda Guerra as noivas tinham sido mantidas ociosas no Castelo de Shogun. Todas as doze eram vampiras extremamente bonitas, escolhidas a dedo, eternamente jovens e dedicadas ao mestre, o proprietário delas. Quando alguma oferecia qualquer problema, o mestre simplesmente a substituía por outra jovem e bonita. Noboiushi propôs que elas também podiam trabalhar para a Organização. Cada uma seria responsável por um prostíbulo num grande centro de tomada de decisões, espalhados pelo mundo inteiro. A Divisão de Suprimentos Internos forneceria mais meninas para ajudar no trabalho. Os clientes deveriam ser políticos e autoridades, e todos os que pudessem ser influenciados para facilitar os negócios da Red Moon.

Foram criadas as Casas das Noivas, nas cidades mais influentes do planeta: Paris, Londres, Hong Kong, Washington DC, Roma, Tóquio, Amsterdã, Genebra, Cairo, Munique e Brasília. Apenas Brasília tinha duas casas e duas noivas, pois uma só não foi suficiente para atender a demanda. Entre todas, as duas casas brasileiras eram as mais lucrativas e movimentadas.

O esquema fez de Shogun um playboy internacional, sempre viajando pelo mundo ao encontro de suas noivas.

Era um dos motivos pelo qual estava na LightYear, em New York, neste dia. Tinha vindo no voo noturno desde a Casa de Washington, onde estivera por quatro semanas com sua noiva Shizuka. Participou de algumas reuniões com deputados e um senador, fechando um negócio de transporte de suprimentos médicos para zonas atingidas por furacões. Shizuka e algumas meninas já tinham convencido vários deles de que a Red Moon precisava vencer a licitação.

Neste momento precisava negociar a compra de software de cadastramento e sistemas monitores de performance para viabilizar outro negócio em andamento no Brasil: fornecimento de suprimentos e assistência médica para presídios. A licitação já estava praticamente ganha, graças ao trabalho de Katsumí e Sophie, as lindas e eficientes noivinhas a serviço no Brasil. Como a LightYear acabara de abrir uma subsidiaria no Brasil, tudo seria bem mais simples. Donatello sabia das coisas, sempre estava bem informado.

Shogun viaja sempre com pelo menos dois Generais, seus seguranças, e mais um escravo para atividades diurnas. O General Shonen estava com ele neste dia, enquanto o General Nigurin ficou no hotel. Não precisava dos dois para fechar um negócio legal. O escravo ficou esperando no carro alugado, no estacionamento do subsolo. Conseguiram aquela vaga na sombra graças a insistência de Nigurin naquela manhã, alegando que seu superior não podia ser visto na rua, para garantir o sigilo do negócio. Todos eles tinham experiência em mentir, sempre seguindo instruções de Donatello.

Os dois estavam agora na sala de espera da LightYear, aguardando serem atendidos por um dos executivos. Shonen observava os prédios próximos pela janela, sempre evitando o sol, enquanto Shogun folheava uma revista sentado no sofá. Quando o mestre o chamou, Shonen pode observar uma expressão diferente naquele rosto, mas não identificou o que era. O mestre nunca sorria.

— Shonen, ligue para Noboiushi, agora!

Ninguém recusava uma ordem do mestre, principalmente quando ele tinha urgência. O General pegou seu próprio celular e chamou o número já gravado na memória, o mais usado. Anunciou o mestre para quem atendeu:

— General, é Shonen. Mestre Shogun quer lhe falar. — E passou o aparelho para o mestre.

— Noboiushi, ainda se lembra de quando era um batedor e recuperava fugitivos?

Shonen não podia ouvir a resposta do outro lado. O mestre continuou, agora que tinha atraído a atenção do interlocutor.

— Quero que veja a reportagem da revista "IT Forever" de janeiro, sobre a inauguração da LightYear Brasil. Alguém da Informática deve ter esta revista... Veja as fotos feitas em São Paulo. Tem uma pessoa muito especial sorrindo numa das fotos, usando um laço de fita verde nos cabelos...

Ele fez uma pausa enquanto o outro falava alguma coisa.

— Mande uma equipe de resgate para São Paulo imediatamente. A revista mostra um endereço. Devem capturá-la e neutralizá-la, mas não a machuquem. Você sabe o que fazer.... Leve-a para a Casa de Sophie, estarei esperando...

Desligou o celular e o devolveu a Shonen. O mestre parecia excitado. Voltou a folhear a revista que tinha nas mãos, a mesma que tinha recomendado a Noboiushi. Shonen pode ver de relance uma fotografia em que apareciam dois casais, onde uma jovem japonesinha muito bonita sorria para a câmera, usando uma fita verde no cabelo. Tão bonita que até lembrava as noivas do mestre.

Não conversaram mais, pois estavam sendo chamados para a reunião com o executivo. Nenhum dos dois percebeu as micro câmeras e os microfones escondidos que tinham gravado e filmado toda aquela rápida conversa.

Era uma sexta-feira, primeiro de março.

7 — A humana

Alguma coisa está muito errada. Se o mestre não estivesse junto, ela nunca teria permitido trazer aquela humana para sua casa. Sophie não se sentia nem um pouco à vontade com aquele esquema.

Tudo o que sabia era que a humana foi capturada em São Paulo, esteve escondida uma noite com o mestre e mais dois generais num hotel, e depois foi transportada para Brasília numa ambulância, uma UTI móvel. Na semana anterior Noboiushi telefonou, ordenando que ela preparasse um quarto especial para uma prisioneira e mais nada. O quarto ficou igual a uma enfermaria de hospital, com todos aqueles monitores e o pedestal. A menina estava inconsciente e tomando soro desde que chegou. E mesmo assim, toda acorrentada, como se fosse fugir quando acordasse. Desde quando humanas precisam ser acorrentadas?

Ninguém lhe disse quem é aquela menina e nem porque é tão especial, já que o próprio mestre foi buscá-la em São Paulo. Sophie nunca viu nada parecido, nos cento e dez anos em que era vampira.

Todas as outras meninas que lhe eram enviadas pela DSI, a Divisão de Suprimentos Internos, chegavam do jeito normal: vinham em limusines desde o aeroporto, prontas para trabalhar, depois de receber o treinamento padrão. Tanto as humanas quanto as vampiras do programa de intercâmbio.

As vampiras são mais eficientes e mais bonitas que as humanas, mas como não envelhecem precisam ser trocadas regularmente com as outras casas. Eventualmente algum cliente percebe alguma coisa e quando faz perguntas incômodas é hora de trocar: a menina ou o cliente. As humanas chegavam em maior número. As mais bonitas eram treinadas para atender aos clientes, as não tão bonitas seguiam para a Despensa, um depósito que é mantido na zona rural. Afinal, ela, os dez seguranças regulares e as seis vampiras residentes precisam se alimentar. Cada vampiro consome uma humana por mês, em média. Como Diretora da Casa, ela tem a responsabilidade de fazer a seleção, quem trabalha e quem vira refeição. Também havia um grupo pré-selecionado que seguia direto do aeroporto para a Despensa, em ônibus. Eram meninas que criaram alguma confusão em outra casa ou que tinham se candidatado sem nenhum atributo que justificasse sua contratação.

Outra das funções de uma Diretora é analisar as dezenas de currículos que chegam todos os meses, de meninas que querem trabalhar na Casa, indicadas pelos clientes. Casas luxuosas sempre atraem muitas candidatas. Em alguns casos, havia clientes que se julgavam no direito de exigir a contratação de alguma amante ou candidata a amante. Nesses casos os dois eram encaminhados direto para alguma Despensa, para consumo imediato.

Todos os nomes são informados para a DSI, indicando 40% para uma entrevista local e 60% para alguma Despensa. Todas as noivas faziam o mesmo nas casas que dirigiam, enviando meninas para o mundo todo. Normalmente as candidatas brasileiras seguiam para a Casa de Paris, a gerenciada por Annette. Várias meninas selecionadas para trabalhar eram escravizadas, outras nem sabiam que estavam entre vampiros. Algumas se dedicavam com afinco e eram transformadas para substituir qualquer rebelde inconformada.

A DSI gerenciava tudo desde Paris, em modernos computadores. Os diretores Noboiushi e Donatello sempre foram muito zelosos para com toda a Organização, mantendo todas as casas sempre bem abastecidas.

Esta menina agora quebrou todas as rotinas. Foi capturada na rua, não enviou nenhum currículo. Chegou acompanhada pelo mestre, fato inédito. Estava dopada e acorrentada, como se fosse uma vampira, apesar de ter o cheiro típico de uma humana. Notou que o batedor que a vigiava encheu o soro com sedativos para manter um vampiro anestesiado por uma semana. Era uma dose mortal para qualquer humano, mas a menina continuava viva, outro mistério.

E o pior de tudo: mesmo dopada a garota é jovem e linda.

Como todo vampiro sem alma, Sophie não se importa com nada, exceto a própria sobrevivência. Aquela humana só pode significar uma coisa: o mestre pretende transformá-la e substituir alguém. E já que a trouxe para sua casa, a substituída pode ser ela mesma.

Isto exige uma atitude drástica e urgente: precisa se livrar da garota, o mais rápido possível. Mas sem que o mestre saiba, ou sua vida não valerá uma bolsa de sangue coagulado.

8 — Diferente

Aquele telefonema do mestre na semana anterior bagunçou tudo: a Organização e a cabeça dele. Reavivou os pesadelos que o perseguiam há 400 anos.

Nunca conseguiu esquecer da noite em que foi transformado, a noite em que perdeu sua vida, sua honra e sua filha, a única família que lhe restava. Naquela noite em que, num Japão muito distante, ele ocupava o posto de Samurai Chefe da Guarda de um nobre muito importante e estava levando sua menina e sua tropa de volta ao palácio. Sua esposa havia falecido um ano antes e ele tinha acabado de conseguir autorização para criar a filha junto dele. Era melhor do que deixá-la no monastério, onde foi buscá-la. A menina só tinha doze anos. Era muito bonita, inteligente e sorridente como a mãe. Devia ser uma princesa, não uma monja.

Foram atacados por dois vampiros no caminho para o palácio. Seus homens reagiram, mas foram dominados rapidamente. Na luta que se seguiu ele conseguiu matar um dos atacantes, com um golpe certeiro de espada no coração. E viu quando o segundo vampiro atacou sua filha, um choque que ficou enraizado para sempre em sua mente. Tentou defendê-la, mas ainda era humano e foi desarmado facilmente. O monstro a matou apenas para tirá-la do caminho, depois o atacou e o mordeu. Anos mais tarde ficou sabendo que quando um humano matava um vampiro em combate, demonstrava ser um valoroso guerreiro e era transformado para substituir o falecido.

Quando acordou como vampiro na noite seguinte, num palácio estranho, estava desonrado, sem alma e sem família, mas com muito ódio. Começou a seguir ordens cegamente, procurando uma forma honrosa de morrer definitivamente. Estava no palácio de Shogun, que o apoiava por ser um guerreiro feroz, destemido, valente e obediente. Não desconfiavam que seu único objetivo era morrer.

Alguns anos depois encontrou o vampiro responsável pela sua desgraça. Era outro general a serviço de Shogun, sempre caçando novas vítimas para suprir o palácio, onde só aparecia quando tinha algum assunto para tratar com o mestre. Por isso não tinham se cruzado antes.

A luta violenta e encarniçada dos dois demorou quase uma hora, no pátio do palácio, assistida por todos os presentes: vampiros e escravos. O General inimigo era mais velho, mais forte e mais experiente, mas não tinha a mesma motivação: um ódio cego que lhe dava audácia e nenhum medo de morrer. Foi difícil, mas em um certo momento ele conseguiu ferir o general, no braço. Para um general vampiro, acostumado a vencer todos os combates, o golpe provocou um momento de hesitação. Tempo suficiente para receber uma espada enterrada no coração e que foi arrancada em seguida, para desferir outro golpe, desta vez lateralmente na direção do pescoço, decepando uma cabeça.

A morte do adversário não aplacou o ódio. Continuou desferindo golpes violentos no vampiro morto, esquartejando o corpo, partindo ossos com uma força descomunal. Sua espada lançava sangue de vampiro para todas as direções. Separou braços, pernas e tentava dividir o tronco em pedaços quando o mestre o segurou. Shogun era o vampiro mais velho de todos e o único que tinha força e audácia suficiente para tentar contê-lo e só o fez porque sabia que tinha autoridade e era respeitado. Todos os outros que assistiram a luta estavam apavorados com toda aquela violência. Nunca nenhum deles, nem mesmo o mestre, perguntou o motivo da luta, com medo de despertar aquele ódio novamente.

Ele pensou que seria destruído depois de matar um general do mestre, conseguindo finalmente sua desejada morte definitiva. Mas foi o contrário. Shogun sabia que não podia desperdiçar um guerreiro feroz e com aquela capacidade de lutar. Anunciou para todos, ali mesmo no pátio:

— Ao vencedor, o espólio do vencido! Aqui está seu novo General: Kenji Noboiushi!

Nos anos seguintes se tornou praticamente o braço direito do mestre, sempre procurando por uma forma honrosa de morrer. Era o guerreiro mais dedicado, mais audaz, mais feroz e o mais violento.

Suas atitudes só mudaram um pouco quando o mestre transformou uma nova noiva, uma jovem muito bonita, inteligente e sorridente.

Ninguém sabia a razão que fazia o feroz General Noboiushi proteger, cuidar e treinar aquela noivinha do mestre, como se fosse o pai dela. E ninguém se atrevia a perguntar. Mas Shogun não queria que seu melhor general amolecesse. Então o despachou numa missão exploratória rodando o mundo, que durou quase um século.

Noboiushi voltou a encontrar Alana só na Albânia, depois que o mestre e todos os vampiros se mudaram do Japão para a Europa. Continuava a mesma menina muito bonita, inteligente e sorridente. E ele voltou a ser o protetor dela, embora Alana já conseguisse se proteger sozinha, pelo que ouvira.

Foi quem mais sentiu quando ela desapareceu. Aconteceu enquanto estava circulando pelos castelos vizinhos, procurando cavalos para um novo negócio que o mestre estava fechando. Esteve fora por duas semanas e voltou ao castelo na mesma noite em que Shogun a convocou e Alana não respondeu. Nenhum servo conseguiu encontrá-la. O mestre não admitia desobediência e ordenou a ele, seu General mais eficiente, que a procurasse e a trouxesse rapidamente para ser castigada.

Vasculharam todo o castelo, a noite inteira, sem sucesso. No dia seguinte os servos a procuraram pelo porto e pelas cercanias. Na noite seguinte todos os samurais, generais, soldados e batedores vasculharam a floresta em volta, sem encontrar nenhum sinal de nada.

Na segunda noite foi ele quem descobriu o acampamento dos lobisomens, alguns quilômetros ao norte, na floresta. Rapidamente organizaram um pelotão com vinte dos melhores samurais vampiros. Se aqueles animais estavam com Alana, ela seria resgatada. Foi o encarregado de comandar o ataque.

Eram seis lobisomens. Três foram mortos rapidamente, antes da metamorfose. Os outros três deram bastante trabalho, mas também foram mortos. Os vampiros só perderam cinco samurais. Não havia nenhum sinal de Alana.

Eles não sabiam exatamente a quantos dias ela estava desaparecida, mas com certeza não estava no castelo. Só podia ter sido pega na floresta, e se não conseguiu se defender, os lobisomens eram os principais suspeitos. Quando estavam em grupo e devoravam alguém, não deixavam nenhum rastro, nem ossos.

Era a única explicação possível. Sentiu sua segunda derrota, também não foi capaz de proteger aquela criança indefesa.

E agora, cem anos depois ela reaparece, muito bonita e sorridente. Não é preciso dizer que é inteligente, se conseguiu sobreviver todo este tempo, completamente invisível. A criança indefesa já não é tão indefesa e nem deve ser mais criança.

Estava tudo envolto em muito mistério. Assim que recebeu o telefonema do mestre e viu de quem se tratava, ele agiu rápido. Ligou para Sophie, ordenou que ela preparasse um quarto de contenção e convocou três dos melhores seguranças da casa dela para fazerem o resgate. Foram no primeiro voo de Brasília para São Paulo e em poucas horas localizaram o endereço que constava na revista e passaram a segui-la. Havia ordenado que apenas a observassem durante alguns dias, antes de fazer qualquer coisa. Precisavam de um plano seguro antes de atacar, ninguém sabia com quem ou como ela estava vivendo.

Mas então chegaram os primeiros relatórios inconsistentes. Sophie e os seguranças não sabem quem ela é na realidade. Os relatórios diziam que Alana é uma humana comum, que anda sob o sol e trabalha em dois empregos. Em um é uma florista e no outro atua como secretária. Pediu fotografias dela, imaginando que estavam vigiando a pessoa errada, mas as fotos só podiam ser de Alana. Ela é inconfundível e mantem o mesmo sorriso de cem anos antes.

Quando o mestre soube daqueles relatórios, ficou impaciente e foi pessoalmente para São Paulo. Queria ele mesmo capturá-la e esclarecer tudo na hora. Só não fez isso porque os seguranças informaram que havia mais gente a seguindo: identificaram alguns humanos em atitude suspeita, que só podiam ser Caçadores.

Quando a viram seguindo sozinha para um supermercado, decidiram que era o melhor momento para pegá-la. Foi sua a ordem para que Alana fosse dominada como se fosse uma vampira, não uma humana qualquer. Não podiam correr nenhum risco. Shogun confirmou a ordem pessoalmente, por telefone.

Ela não reagiu ao ataque surpresa. Foi dominada com o spray anestésico que servia tanto para humanos quanto para vampiros, e foi levada para o hotel onde o mestre estava hospedado. Os Caçadores também não tiveram tempo de reagir. Foi por causa deles que o mestre decidiu transferi-la imediatamente para a Casa de Sophie, na manhã seguinte, antes mesmo de interrogá-la.

O mestre ordenou que ela fosse mantida sedada, tomando soro com anestésicos todo o tempo, até que ele mesmo decidisse o que fazer. Precisou ser transportada como uma paciente. Não havia nenhuma UTI aérea disponível em São Paulo naquele fim de semana. Foi preciso providenciar uma ambulância que a levou por terra para Brasília, numa viagem que durou todo o sábado.

Agora Alana estava sob o mesmo teto que Sophie. Isso é muito perigoso, ninguém pode prever qual vai ser a reação da noiva atual, quando souber que Alana foi a favorita do mestre, que foi aquela que ela está substituindo até hoje.

Neste momento, Alana não pode se defender e não está sorrindo. É só uma criança. Saber que ela corre perigo despertou um inexplicável sentimento paternal que ele tentava sufocar há séculos.

Não há tempo a perder. Precisa pegar o primeiro avião saindo de Paris para o Brasil.

9 — Mulatas

Finalmente uma ficha excelente, exatamente o que foi pedido. Se ele não fosse o Diretor Financeiro Jacques Donatello, aquela menina teria seguido direto para Annette. Que desperdício.

Como diretor, seus pedidos para a DSI tinham prioridade e sua despensa particular podia ser abastecida antes das casas. Sempre mantinha seis meninas a sua disposição, guardadas no porão da mansão. Se o mestre podia ter doze noivas, porque ele não pode ter seis? A diferença é que as noivas do mestre são vampiras que duram até centenas de anos. Ele preferia as humanas descartáveis. Uma vez por mês uma delas era reposta, depois que ele brincava um pouco e se alimentava. Sabia que elas gostavam, todas gostavam, apesar de não sobreviverem.

Foi na época em que ainda era apenas o capitão de um navio usado para transporte de escravos, que adquiriu o gosto por correntes e chicotes. Sempre que podia, pegava uma das escravas acorrentadas, batia nela com chicotes até fazê-la sangrar, o que o deixava muito excitado, e depois se servia como bem entendia, sem resistência. Depois que foi transformado em vampiro, tudo ficou ainda melhor: o cheiro do sangue passou a ser maravilhoso, o gosto melhor ainda. Demorou um pouco até aprender a controlar a nova força, quando viu que as meninas estavam morrendo muito rápido. Com o tempo, aprendeu que as vestir com roupas de couro as deixava muito mais bonitas e resistentes. Todas as suas cinco meninas no porão estavam vestindo minúsculas roupinhas de couro, todas muito lindas. A sexta, de reposição, seria entregue no dia seguinte para substituir a que usou dois dias antes.

Mais uma mulata brasileira, conforme havia pedido. Aprendeu a gostar delas quando experimentou mulatas alguns anos antes, numa das visitas à Casa de Katsumí. Elas lembravam aquelas antigas escravas africanas de antigamente, mas eram mais voluptuosas, mais fortes e mais bonitas. Até o sangue é mais rico e mais saboroso.

A ficha que a DSI lhe enviou é de uma garota chamada Marília, de 23 anos; 1,70 de altura, 65 quilos. Uma baiana que se candidatou a dançarina em Brasília, e foi selecionada para fazer testes em Paris. Na ficha a menina disse que além de dançar também conhece capoeira. Veio uma fotografia junto, de uma mulata espetacular, muito bonita mesmo. Mal podia esperar para vê-la em roupinhas de couro. Se era mesmo uma lutadora, talvez durasse algumas horas a mais do que as outras. O fez lembrar de Annette.

O mestre podia ter doze noivas, uma para cada mês do ano, mas enquanto fica um mês com cada uma, as outras onze ficam onze meses sozinhas. É uma maldade deixá-las carentes por tanto tempo.

Embora já fizesse muitos anos, não conseguia esquecer da primeira vez que convenceu Annette a provar um biquíni de couro, numa das vezes em que ela veio até sua mansão para discutir negócios da Casa. O mestre realmente tem bom gosto: ela ficou maravilhosamente linda naquela roupinha. Tão linda que ele se descontrolou, transformando uma simples brincadeira numa noite inesquecível. Annette é uma vampira forte e jovem, só tem noventa anos, embora a aparência seja de vinte e quatro, mas não é páreo para um vampiro macho mais velho e mais forte como ele; não demorou muito tempo para dominá-la e prendê-la com correntes. Em vampiras ele pode usar o chicote com bastante força. Os cortes se fecham rápido, antes mesmo do sangue se espalhar. Nem ficam cicatrizes. Quanto mais ela gritava e se esperneava mais ele ficava excitado. Ficou com ela por várias horas, quase até amanhecer.

Embora ela ficasse gritando todo o tempo que ia contar tudo ao mestre, não o fez. Se contasse, um dos dois ou mesmo ambos seriam castigados severamente. Provavelmente o castigo pior seria o dela, já que o mestre precisava dele e seria mais difícil substituí-lo. Annette sabe disso.

Demorou alguns anos até que pode repetir a dose. Ela se recusava a ficar sozinha em sua presença. Precisou enganá-la, convidando-a para um jantar junto com outros vampiros. Quando percebeu que era a única convidada, já estava sendo dominada e acorrentada. Gritou menos naquela vez.

A terceira oportunidade foi iniciativa dela. Foi numa daquelas noites adoráveis de Paris, daquelas mais frias, com temperaturas abaixo de zero. Ela veio até sua mansão alegando um problema na Casa. Usava botas e um comprido casaco de peles, próprio para a estação. Quando despiu o casaco, por baixo estava usando apenas as botas altas e algumas finas tiras de couro. Um espetáculo de tirar o fôlego, mesmo de um vampiro experiente. Ela até trouxe um chicote, mas não o deixou pegá-lo. Disse que estava ansiosa para ela mesma usá-lo. No início estranhou a inversão de papeis. Nunca antes estivera acorrentado a mercê de uma mulher, ansiosa para usar o chicote de um jeito que nem ele conhecia. Até o cabo. Foi sua vez de gritar muito. Quando terminou, dolorido e humilhado, descobriu que foi uma das melhores noites que passou, próximo da lareira acesa, na sala de estar da mansão. Agora ambos compartilhavam um segredo.

Houve muitas noites parecidas depois desta. O mestre estava sempre viajando, ficava muito pouco tempo em Paris. A mansão dele está sempre vazia, o mestre não é como Noboiushi, que passa bastante tempo na sede da Red Moon, ou na Casa de Paris, ou na Despensa ou mesmo em sua própria mansão. Parece que o outro Diretor nem tem tempo para se divertir, sempre trabalhando.

Nesta noite mesmo, recebeu a comunicação de que Noboiushi partiu com urgência para o Brasil, onde o mestre já está. Deve ser algum problema com a licitação para assistência médica dos presídios, aquele projeto em que todos estão envolvidos. Na segunda-feira ele saberia.

Mais uma vez Noboiushi partiu em um voo comercial, apesar dos dois novos jatos modernos que ele tinha acabado de comprar para a Red Moon e dos vários aviões da frota. Os jatos ainda não estavam completamente equipados, mas já estavam operacionais. Seu diretor de operações era muito retrógrado, parecia que nunca se acostumaria com as maravilhas do mundo moderno.

Por falar em maravilhas, talvez Annette esteja livre para um jantar de domingo, aproveitando que os outros foram para o Brasil. Ele ainda tem cinco mulatas no porão, não seria problema dividir uma. A noite promete.

10 — O clube sem sol

No clube instalado numa grande mansão em uma quadra do Distrito Federal planejada exclusivamente para mansões, todos os domingos eram sempre dias calmos. O local é frequentado apenas por políticos e autoridades do mais alto escalão de Brasília, pessoas que dificilmente permanecem na cidade nos finais de semana.

Pelo menos era o que pensava a diretora Katsumí, até que atendeu o telefone celular dela as três e trinta da madrugada. Não foi acordada porque vampiros não costumam dormir àquela hora. O número é restrito, pouquíssimas pessoas o conhecem. O Diretor Noboiushi, ou o "Grande General" como ela o chamava, é uma destas pessoas especiais. Ele ligou de Paris, comunicando que está de saída do Aeroporto Orly para Brasília. Em Paris eram seis e trinta da manhã e o avião partiria as sete e dez, hora local. Nada demais nisso, ele sempre vinha quando tinha algum negócio a resolver na cidade. A novidade era estar avisando com antecedência. O que ele contou e suas ordens acabaram com o domingo tranquilo e com os planos particulares que ela havia traçado.

— Kat, tenho uma tarefa urgente para você!

— Suas tarefas são sempre urgentes, grande general. O que é dessa vez, precisa de uma menina especial? Mas preciso avisá-lo que eu não posso atendê-lo pessoalmente, o mestre está na cidade.

— Já temos uma menina especial, Kat. É exatamente por isso que estou ligando. Quero que prepare acomodações para uma convidada, com equipamento de contenção. Não tenho tempo para detalhes, meu avião já vai partir. Fale com Sophie, ela fez a mesma coisa esta semana.

— Alguém que eu conheça, grandão?

— Sim, você a reconhecerá assim que a vir. Mas quero segredo absoluto. Ninguém deve saber quem ela é, a não ser nós dois e o mestre. Principalmente Sophie, ela não deve saber em hipótese alguma!

— Nobô, está me deixando curiosa. Não pode mesmo adiantar nada sobre essa convidada?

— Só uma coisa, preciso desligar já. Ela foi sua companheira no Madona Dourada.

Desligou, deixando Katsumí boquiaberta e verde de curiosidade. Noboiushi sabia ser mau quando queria, aquele monstro.

"Equipamento de contenção" significava correntes, soro e anestésicos, para imobilizar um vampiro. Prisioneiros comuns eram enviados para a despensa, a mesma que ela compartilhava com Sophie, nunca para sua casa. Se era para preparar um aposento, então também deveria ter equipamento médico de monitoração e segurança em tempo integral. Ou seja, tinha que preparar um quarto de hospital, monitorado. Ou uma cela de prisão para vampiros, eram a mesma coisa. Em pleno domingo, já perto do alvorecer!

Não precisava consultar Sophie, uma novata, sobre como fazer isto; o general devia saber. Tinha que ter mais alguma coisa escondida. Só podia ser a identidade da convidada, uma veterana como ela! Qual delas?

O Madona Dourada foi o navio que as levou do Japão para a Europa, mais de cem anos antes. Só havia doze meninas a bordo, as noivas do mestre se passando por escravas durante a viagem. Daquelas doze, só quatro ainda estavam vivas. Todas as outras foram substituídas, por caírem em desgraça junto ao mestre ou por terem sido pegas por Caçadores. Uma foi devorada por lobisomens. Bem feito para aquela metidinha que chegou muitos anos depois dela e roubou o posto de favorita do mestre, antes da chegada de Sophie. A garota vivia sorrindo, nunca fazia suas refeições junto com as outras noivas, e até recebeu um monte de presentes para uma missão. Não sabia porque o mestre sempre preferia as metidinhas. Sophie é outra.

Ela e as outras três veteranas, eram as únicas noivas remanescentes daquela viagem. Cada uma estava responsável por uma casa, num canto do mundo: ela no Brasil, Miyasaka em Tóquio, Yoshiki em Amsterdam e Sugihara em Genebra. Todas as outras eram novatas, algumas nem tinham cem anos. Ainda por cima, três das novatas nem são japonesas: Sophie é grega, Annette é dinamarquesa e Danielle é italiana.

E agora mais uma das veteranas caiu em desgraça, está vindo para a contenção. Logo em sua casa. Estranho que ninguém comunicou nada. Quando alguma das casas ficava sem sua diretora, todas as outras eram avisadas, para fazer a administração remotamente. Desta vez não recebeu nenhum aviso e o general ainda pedia segredo absoluto, principalmente de Sophie.

Ou será que uma veterana está vindo para substituir Sophie? É uma possibilidade, mas não explica a contenção. Ou a contenção seria para a substituída? Sentiu um arrepio. Seria para Sophie ou para ela mesma? Não tinha feito nada para desagradar o mestre, teria ele se cansado dela, sua noiva mais antiga e dedicada?

Esse domingo promete ser terrível. Teria que esperar até a noite para esclarecer o mistério. O voo de Orly está previsto para pousar as dezoito horas. E o compromisso particular que estava em andamento precisa ser planejado melhor. Droga.

O general devia ter mais consideração, antes de dar aquelas poucas pistas. Aquele bruto sem alma. Tudo bem que ela é uma vampira com mais de trezentos anos, mas antes de tudo ainda é uma mulher que adora fofocas de primeira mão. Maldito Noboiushi! Na próxima vez que estiverem sozinhos vai se se vingar dele, com mordidas naquele lugar mais sensível.

Agora precisa bolar um Plano B, caso ele esteja vindo para se livrar dela.

Alana Ghosten e o Resgate da Deusa

Parte 3 — A casa cai

11 — Emprego temporário

Claudius sentia que estava ficando louco, ainda na madrugada de domingo, depois que Cora foi embora. Não conseguia esquecer Alana nem por um segundo e a ansiedade o estava matando. Embora não se sentisse cansado, combinou com Ricardo que iria dormir um pouco. Não havia clima para voltar ao apartamento deserto dele, então resolveu ficar num daqueles hotéis baratos, ali mesmo na Rua Santa Ifigênia. Ricardo o fez prometer que não se afastaria do hotel.

Para provocar o sono que não chegava, decidiu tomar cervejas num bar vizinho do hotel. Como consequência da ansiedade, bebeu quatro garrafas em menos de uma hora e depois foi para o quarto tentar dormir. Era a primeira vez que bebia cervejas depois da transformação. Pensou que seu novo metabolismo aceleraria o poder do álcool permitindo que dormisse. Aconteceu o contrário. Seu sangue anulou o álcool e tudo o que conseguiu foi ficar com a bexiga cheia, tendo que levantar várias vezes durante a madrugada para ir ao banheiro. Pelo menos era uma distração, que o fazia esquecer Alana por alguns poucos minutos.

Quando o dia raiou já estava recuperado e desistiu de tentar dormir. Era domingo e a rua estava deserta enquanto voltava para a sede dos Caçadores. George já tinha chegado para substituir Ricardo e autorizou sua entrada. O levou ao refeitório para tomarem um café da manhã. Eram nove horas quando um agente comunicou que o Comandante Apolônio o chamava para uma conversa, na sala de trabalho dele no quarto andar, não aquela do interrogatório.

— Bom dia, Senhor Claudius, se é que tem alguma coisa boa...

Claudius respondeu ao cumprimento e ficou esperando para ver do que se tratava.

— Fiquei sabendo da sua cooperação com o treinamento dos meus agentes. Foi um trabalho muito produtivo. Aliás, nosso Comandante Geral também ficou sabendo e me pediu para lhe fazer um convite. Antes, quero deixar claro que eu não concordei com isto, mas como são ordens superiores...

Claudius ficou curioso, mas não respondeu nada. Apolônio continuou:

"Para começar, o senhor precisa saber como nossa Companhia trabalha."

"Os Caçadores existem desde que os primeiros vampiros foram descobertos, mas não temos registro de quando isso começou. Cada um de nós já perdeu um ente querido para estas criaturas do inferno. Nosso objetivo sempre foi caçar e exterminar esses monstros parasitas e predadores, para evitar novas mortes inocentes. Só não podemos fazer isso individualmente pois as criaturas do mal são muito mais fortes. Desde o início temos que nos agrupar e combatê-los com astúcia e inteligência."

"Ainda na Idade Média começamos a criar núcleos, concentrando esforços e trocando informações, para melhorar nossa capacidade de combate. Foi o início de uma rede de informações que tem nos mantido vivos e atuantes. Depois da Primeira Revolução Industrial, por volta de 1765, começamos a desenvolver armamento especializado e a nos associar com exércitos e governos. Sempre financiados por doações ou contratos de cooperação e prestação de serviços."

"Tivemos muito trabalho durante as duas guerras mundiais. Parece que guerras atraem todo tipo de parasitas que vivem de sangue alheio, sejam vampiros ou humanos."

"Foi no término da Segunda Grande Guerra que os Caçadores decidiram fundar uma empresa multinacional, se espelhando na ideia das 'Nações Unidas'. Uma holding que comanda todas as demais empresas associadas espalhadas pelo mundo, sejam bases paramilitares, laboratórios de pesquisa, centros de recrutamento, escritórios regionais, qualquer coisa. A holding foi criada em Genebra, próximo da ONU, onde está até hoje."

"Sempre mantivemos o foco em tecnologia, desenvolvendo e usando tudo o que tem de mais moderno, para nos manter vivos. O senhor já viu nossas armaduras e capacetes. Temos outras coisas, que lhe serão mostradas no devido tempo."

"O mundo todo sofreu um grande avanço tecnológico depois da corrida espacial, basicamente depois da década de 60. Nós também. Nossa rede de informações passou a interligar todas as empresas em tempo real, adquirimos poderosos computadores, centralizamos todos os nossos bancos de dados com informações coletadas através dos séculos, e outras coisas assim."

"Expandimos nossos serviços para ajudar outras empresas globalizadas, além de exércitos e governos, para financiar nossas atividades. A maioria das agências de inteligência que operam no mundo todo são nossas parceiras. O programa que localizou sua esposa tem como objetivo identificar crimes financeiros, monitorando contas bancárias inativas, que podem ser usadas para lavagem de dinheiro. A maioria dos vampiros está envolvida em atividades deste tipo. Foi assim que chegamos nas transferências que ela fez para o senhor."

Então é isso, explica como descobriram Alana. Indiretamente, ele foi o responsável, apenas porque ela quis ajudá-lo. Apolônio continuou.

"Bom, depois de toda essa conversa, chegamos ao seu convite. Seu currículo; sim, nós o investigamos; diz que o senhor trabalhou com Tecnologia da Informação durante toda sua vida. Nestes dois últimos dias, o senhor também demonstrou outras habilidades muito interessantes, que podem nos ser bastante úteis. Nossos bancos de dados não têm nada contra o senhor, pelo menos por enquanto. Portanto, meu superior está convidando-o para trabalhar nesta Companhia, oficialmente como 'Consultor de TI', mas queremos disponibilidade para viagens e trabalhos de campo. Podemos pagar um bom salário."

Claudius estava abobalhado. Por esta ele não esperava. Perguntou:

— E extraoficialmente, eu serei um Caçador de Vampiros? Isto é permanente?

"Mandei nosso departamento de Recursos Humanos preparar um contrato de experiência, temporário. Considere-se um Caçador interino, um convidado. Podemos ser inflexíveis com vampiros, as vezes até agindo ilegalmente, mas quando se trata de humanos; não sei bem se o senhor se enquadra nisso; tem que ser tudo dentro da lei. Seu contrato é no regime da CLT. Até já estamos contando todas as horas desde que o senhor chegou, serão pagas como horas extras. Isto me lembra que, devido a sua presença, vou ter que pagar uma fortuna em horas extras este mês.... Depois que esta missão terminar, se o senhor sobreviver, vamos estudar se o efetivamos."

"Agora, como o senhor não recusou, deduzo que já é meu funcionário. Vamos trabalhar! Tenho que atualizá-lo sobre a missão. Vou lhe dizer o que temos. Está pronto?"

Claudius anuiu, concordando com um aceno de cabeça.

"Na sexta-feira, quase no mesmo momento em que sua esposa estava sendo sequestrada, nós recebemos um relatório da Base Nova Yorque. Se tivesse chegado algumas horas antes nós teríamos impedido o sequestro. Quero que veja as gravações..."

Claudius deu um pulo na cadeira, realmente surpreendido. Todos os seus sentidos despertaram. Apolônio mexeu em alguns botões num painel na mesa dele. Um projetor apareceu num pequeno elevador no teto, as persianas se fecharam automaticamente e uma imagem apareceu na parede ao lado deles. Mais alguns botões foram apertados e apareceu a imagem de uma sala de espera conhecida. Ele tinha passado por ela alguns meses antes, junto com Alana. Reconheceu a LightYear americana. Havia dois homens na sala, dois executivos japoneses em ternos escuros, muito elegantes, um sentado folheando uma revista e o outro em pé. A gravação tinha sido editada, para conter só os diálogos chave, mas era suficiente para revelar como os vampiros descobriram Alana.

As fotos do coquetel, como ele podia ter feito isto com sua amada? Foi um estúpido egoísta, só pensando na sua própria empresa, sem pensar que estava expondo Alana para seus inimigos. Mais uma vez, era o responsável por ela estar em perigo agora. Se sentiu um lixo.

Se lembrou das estórias que Alana contou do passado que ela pensava ter deixado para trás. Agora ele estava vendo o rosto daquele que ela chamou de mestre, o monstro que a havia transformado. Mesmo numa imagem projetada na parede, era possível ver a maldade e a frieza naquele rosto, que ele tinha imaginado mais feio. O segundo homem, que podia ser um lutador de MMA, também não era nada parecido com as imagens que ele fazia de vampiros. Realmente, não havia nenhuma semelhança com os vampiros mostrados nos filmes. Aqueles dois se pareciam totalmente com insensíveis homens de negócios.

Outro botão apertado e a imagem mudou. Ele reconheceu Mr. Jones, um dos diretores com quem tinha negociado no ano anterior, na mesma sala de reuniões que mudou sua vida e a da Alana.

A conversa discorreu sobre o Pacote de RH, um dos que ele representava e podia vender no Brasil. Servia para gerenciar cadastros com alto volume de informações e alta rotatividade, sem perder performance. Os vampiros disseram que precisavam dos programas para um novo projeto, em andamento no Brasil. Queriam suporte da subsidiária brasileira, caso o projeto se concretizasse. Foi uma conversa de negócios normal, não havia nada que comprometesse a LightYear.

Mais essa! Se não tivesse visto a gravação, ele ainda poderia vir a trabalhar para os vampiros, inocentemente! Manhã recheada de surpresas.

— Já sabem que projeto é esse?

"Nosso melhor agente está investigando. Como o senhor viu e ouviu, existe uma ligação entre Shogun e Madame Pin, sua futura esposa. E, pela gravação, eles não sabiam onde ela estava, o que confirma sua alegação de que ela não estava com eles. Mas não sabemos porquê. Vamos apurar isto depois. Nossos registros sempre indicaram esta possível ligação, mas nunca tivemos nenhuma evidência de que ela é uma vampira, apesar dos estragos que ela fez. Só temos esta certeza agora, depois da sua declaração."

Claudius não podia acreditar. Não, de novo não. Ele não podia tê-la dedurado mais esta vez.

"Meu superior acredita ser possível que ela tenha se afastado deles, que tenha aprendido a se defender do sol e até que tenha se curado como o senhor afirma, embora eu ainda tenha minhas dúvidas. Se isso for verdade, ela representa o maior perigo possível na mão deles. Com este conhecimento, eles podem simplesmente desaparecer e vencer nossa guerra com facilidade, instituindo o mal puro. Por isto precisamos dos seus serviços. Nossa única pista até agora é localizar esta tal 'Casa de Sophie'. Nossos computadores estão dando o máximo desde que recebemos estas gravações, mas até agora não achamos nada. Gostaria que o senhor ajudasse nossos operadores no que for possível."

— Perfeitamente, Comandante. É só me indicar onde é a sala de operações.

"Um momento, mais duas coisas: Uma, não esqueça de passar no RH e assinar sua papelada. Não quero problemas legais. A outra, não posso te esconder esta informação: hoje, poucas horas mais cedo, foi expedida uma ordem para todas as bases, no mundo todo.

Nossa prioridade número um é encontrar sua esposa e tirá-la das mãos dos vampiros..."

Ele hesitou, mas completou:

— ... viva ou morta!

12 — A Casa de Sophie

A Sala de Operações também ficava no quarto andar, no lado oposto ao da sala do Comandante. Era uma sala grande, retangular, com vários telões numa das paredes maiores. No centro da sala estava uma enorme mesa semicircular, cheia de computadores. Numa das paredes laterais, diversas impressoras laser cuspiam folhas ininterruptamente, formando várias pilhas. Os quatro operadores daquele turno circulavam entre os computadores, sentados em suas cadeiras com rodinhas.

Os telões estavam divididos em pequenas telas menores, cada uma projetando o que acontecia num dos monitores sobre a mesa. Era uma Sala de Operações normal, como as muitas que Claudius já tinha visto.

Antes de chegar ali ele passou pelo RH para assinar os papéis. Até recebeu um crachá azul, onde estava escrita só uma palavra: "Funcionário". Pensava que tinha se livrado destas coisas seis meses antes, quando pediu para ser demitido da última empresa em que trabalhou, antes de abrir sua própria subsidiária da LightYear. Mundo pequeno, só seis meses e já tinha que usar outro crachá.

George veio com ele, para apresentá-lo aos operadores. Enquanto observava os monitores, reconheceu um dos seus programas numa das telas. Mundo pequeno e irônico: os Caçadores também eram clientes da LightYear. Se aquele sequestro não tivesse acontecido, ele poderia vir a trabalhar para os dois grupos de inimigos mortais, sem saber.

Não perdeu tempo. Imediatamente começou a verificar os programas que estavam em andamento, alguns ele nem conhecia. Seu cérebro voltou a funcionar, pois naquele local estava em seu elemento. Sem aquelas telas e números piscando tinha certeza de que enlouqueceria.

Quando saiu da sala do Comandante estava com a cabeça em parafuso. Era o responsável direto por Alana ter sido descoberta pelos dois grupos ao mesmo tempo. Sabia que os vampiros podiam torturá-la e matá-la para obter os segredos que só ela conhecia, e agora sabia que ela podia ser morta pelos Caçadores, quando a encontrassem.

Ele era a única esperança dela, se conseguisse encontrá-la antes de todo mundo. Ainda tinha uma chance de se redimir. Foi com esse pensamento que se atirou ao trabalho, era só o que sabia fazer, mas agora com a vantagem de ter um cérebro mais esperto depois da transformação. Sua memória estava melhor e conseguia aprender mais rapidamente.

Ainda estava concentrado no trabalho quando Cora veio obrigá-lo a parar para o almoço. Só então se deu conta de que já eram três horas da tarde. Nem sabia que ela tinha chegado para fazer o turno da tarde. Pensava que não seria mais vigiado depois de ter sido contratado. Era verdade, mas Cora só ficou sabendo disto depois que chegou. Até lhe deu parabéns pela contratação.

Para comemorar ela o arrastou para a rua, para almoçarem num restaurante decente, até mesmo porque o refeitório não tinha mais nada, àquela hora de um domingo. Foram caminhando para a Avenida São João, onde há vários bons restaurantes que funcionam o dia todo, mesmo em finais de semana.

Mais uma vez Claudius notou olhares indiscretos, por ser um coroa passeando com uma linda loirinha, com a metade da idade dele. A mesma coisa que acontecia quando saía com Alana. Já não ficava constrangido, pelo contrário, estava orgulhoso, se sentindo "o cara".

Almoçaram um delicioso "Filé a Cubana para dois", acompanhado de vinho tinto. Era uma comemoração. No final do almoço estavam rindo e contando piadas, como dois velhos amigos, consequência do estômago cheio e do vinho. Cora não tinha o hábito de beber, e estava ligeiramente tonta quando saíram. Precisou se apoiar no braço dele enquanto voltavam para a base. Claudius estava muito grato a ela, pela hora inteira em que conseguiu esquecer de todos os problemas.

De volta à base, foi ele quem a convidou para um treinamento leve, com armaduras. Era um jeito dela queimar o álcool no corpo, embora fossem obrigados a fazer pouco esforço, por terem terminado de fazer uma refeição. Ele aproveitou a oportunidade para fazer um pedido especial:

— Cora, me ensine alguns golpes para matar vampiros.

O treino durou uma hora, como o equipamento exigia. O suficiente para Cora se recuperar e ele aprender como se decepa uma cabeça ou se perfura um coração.

Ás 18 horas ela foi embora. Não havia um substituto, todos os seus vigias foram dispensados. Voltou para a Sala de Operação e trabalhou mais um pouco, até quase meia-noite. Foi novamente para o mesmo hotelzinho da noite anterior, tentar dormir um pouco. Estava praticamente há três dias sem dormir e tinha usado bastante seu cérebro, precisava de um descanso.

Adotou uma estratégia diferente nesta noite, sem cerveja. Se deitou, ligou a TV e começou a assistir todos os filmes que passavam. Deu certo. A programação da TV a cabo o fez dormir por quase duas horas, até que amanheceu. Acordou com o sol no rosto, entrando através da cortina que deixou aberta de propósito, com esta finalidade.

Voltou para a base, de volta ao seu novo e urgente trabalho. As nove horas ligaria para a LightYear e para a floricultura, para comunicar que ele e Alana precisaram viajar urgente e que ficariam fora por toda a semana. Esperava que uma semana fosse suficiente para normalizar tudo.

Na base, foi direto para o refeitório, para o café da manhã. Estava cheio nesse dia. Todos os agentes já estavam lá, segunda-feira era o início de uma nova semana para todos. Muitos já sabiam que um estranho foi convocado na sexta para um interrogatório, mas vê-lo usando um crachá de funcionário causava estranheza. A fofoca se espalharia pelo dia todo: o "marido da vampira" se tornou um Caçador!

Nessa manhã foi Cora quem o acompanhou até a Operação, e o apresentou para a equipe daquele turno. Desta vez havia cinco rapazes. Um deles, que se apresentou como Daniel, estava retornando de férias naquele dia. Estava cercado pelos outros, que queriam saber o que ele tinha feito nos trinta dias anteriores, quando o Comandante Apolônio entrou na sala.

Todos se calaram e voltaram para suas cadeiras no mesmo momento. Claudius e Cora estavam perto das impressoras, vendo o que havia sido impresso durante a noite. O Comandante foi direto ao assunto, lançando uma pergunta dirigida a todos os presentes:

— Bom dia. O que temos de novo sobre a "Casa de Sophie"?

Daniel respondeu, inocentemente:

— Casa de Sophie? É muito legal, estive lá na semana passada. As meninas são muito bonitas e educadas, principalmente as francesas...

Caiu um silêncio sepulcral na sala, quebrado apenas pelo ruído das impressoras. Todos olhavam para Daniel com olhos arregalados. Apolônio foi o primeiro a recuperar a voz:

— Onde fica isso? Ou melhor, O QUE É essa casa?

Daniel enrubesceu, pensou que tinha falado alguma besteira por ter uma mulher na sala.

— Calma gente, não fiz nada de errado. Fui lá convidado pelo meu primo, que acabou de tomar posse como Deputado em Brasília. A casa é um clube fechado, só se entra com convite. Ele me apresentou como um assessor. Fica no setor hoteleiro...

Apolônio já estava quase recuperado. Novamente foi o primeiro a falar:

— Estamos procurando essa casa há três dias. Por que não achamos nada em lugar nenhum, nem na Internet?

— É um clube fechado, senhor. Esse nome é usado apenas pelos frequentadores, só por quem já foi lá. Acho que o nome oficial é Clube Vermelho ou coisa parecida...

O comandante agora estava completamente recuperado:

— Quero um relatório completo sobre esse clube na minha mesa em dez minutos. Peguem o que tiver na prefeitura, registro de imóveis, imposto de renda, plantas, mapa do Google, visão da rua, qualquer coisa. Vou montar uma EBA agora mesmo. Claudius, Cora, vocês estão nessa.

E saiu rapidamente, em direção da própria sala. Ninguém se atreveu a dizer que Brasília não tem prefeitura, por ser o Distrito Federal.

Claudius ficou contente por saber que "estava nessa", junto com Cora.

Viu que ela também se preparava para sair rapidamente. Veio em sua direção e lhe disse sem pestanejar:

— Venha comigo.

Tudo o que podia fazer era acompanhá-la. Assim que saíram da sala, perguntou em voz baixa, para não parecer idiota:

— Cora, o que é uma EBA?

13 — Jedi

Cora andava rápido. Seguia em direção ao arsenal. Respondeu sem diminuir o passo:

— EBA é o objetivo de todo o nosso treinamento. É a sigla para "Equipe de Busca e Apreensão", um grupo armado que sai para capturar ou exterminar vampiros. Acho que esta é a primeira vez que uma EBA é montada para resgatar alguém...

"Talvez não seja um resgate.", pensou Claudius, mas não falou nada. Ele estaria presente e faria tudo para proteger sua amada. Cora explicava:

— Se você vai com a gente, precisa de equipamento adequado. Não pode ser o de treino. Vamos procurar o armeiro, ver o que dá para ele fazer.

Ele não entendia nada, só a seguia. Já tinha estado no arsenal, procurando uma armadura, mas nem tinha ideia de quem seria o armeiro.

Ao chegarem à sala das armaduras, Cora passou direto, sem parar. Seguiu para outra porta mais ao fundo, que ele nem viu quando esteve naquela sala. Depois da porta chegaram numa sala menor, cheia de monitores ligados, ocupando todas as prateleiras de uma parede; no centro da sala havia um equipamento parecido com uma cadeira de dentista. Um jovem japonês com cara de nerd, usando óculos de grau e cabelos negros emaranhados e curtos, estava sentado junto a uma mesa, num dos cantos perto dos equipamentos. Do outro lado da sala, tinha um grande armário, fechado. Cora foi direto falar com o japonês:

— Claudius, este é nosso armeiro, Shu Min Kyu. Kyu, este é Claudius. Ele vai numa EBA, precisa de equipamento.

— Sei, o marido da vampira. Acha que ele consegue, sem treinamento?

— Claro, você precisa ver as habilidades dele. Pode codificar um capacete e uma Jedi?

Claudius estava cada vez mais perdido. Teve que interromper, antes que a coisa piorasse:

— Pessoal, sou novo aqui. Podem me explicar do que vocês estão falando?

Cora estava tão excitada com a EBA que tinha esquecido desse detalhe.

— Desculpe, eu já devia ter falado. Todos os agentes sabem que uma EBA é uma missão muito perigosa, não existe nenhuma garantia de que todos voltarão vivos. Já houve muitos casos de nenhum integrante voltar. Portanto dependemos de nós mesmos e dos nossos equipamentos para nos proteger.

Ela falava isso com toda a naturalidade, como se não fossem missões suicidas.

— Os capacetes de batalha são diferentes daqueles que usamos no treino. São equipados com radio de curto alcance, para permitir comunicação entre os integrantes, e são codificados para só funcionar na cabeça do dono. Imagina se um inimigo pega um capacete e ouve tudo o que estamos planejando?

— E o que é Jedi?

— Você assistiu aos filmes "Guerra nas Estrelas"? Lembra daqueles sabres de luz?

Claudius arregalou os olhos.

— Vocês têm armas daquelas?

— Claro que não, mas chamamos assim às nossas espadas retráteis. Quando desativadas são como um tubo, como aqueles do filme. Ligadas se transformam numa espada de 50 centímetros, seguindo o mesmo princípio daquelas varas de pescar telescópicas, onde cada pedaço fica guardado dentro de outro. Conhece?

— Eu tenho três varas dessas. Mas não fica uma espada muito fraca?

— São feitas de uma liga metálica muito resistente e são muito afiadas. Mas o segredo está no cabo: contem circuitos elétricos que criam um forte campo eletromagnético no núcleo de cada parte, fazendo com que se conectem como se fosse uma lâmina inteiriça. Kyu, pode pegar uma?

O japonês que ficou calado todo o tempo foi até o armário e o abriu. Num dos lados tinha seis capacetes iguais aos que eles usaram no treino, o outro lado tinha diversos tubos empilhados e mais embaixo tinha um monte de óculos escuros, tipo Ray-ban. Ele pegou um de cada e fechou o armário novamente, com chaves.

Claudius já conhecia o capacete, mas não os outros equipamentos. Estendeu a mão, pensando que o japonês iria entregá-los, mas foi ignorado. Os equipamentos foram para a mesa.

Cora continuou explicando:

— Estes não estão codificados, podem ser usados por qualquer pessoa. Kyu vai codificá-los com a sua assinatura, que é uma leitura do seu DNA e várias outras características, então só você poderá ligá-los. Por favor, sente-se naquela cadeira.

Ela apontou para o que parecia uma cadeira de dentista.

— Kyu vai ligar vários sensores, para ler sua pulsação, pressão sanguínea, temperatura, frequência das ondas mentais e mais alguma coisa, que só ele sabe. Mesmo com variações, o conjunto vai identificar você, mais ninguém. Depois ele vai gravar estes dados nos equipamentos.

Claudius deixou que o rapaz lhe colocasse um monte de eletrodos, como se fosse fazer uma polissonografia, incluindo uma coisa que parecia um capacete espacial. Devia estar parecendo aquele professor maluco do filme "De Volta para o Futuro", o Dr. Emmet Doc Brown...

Só não gostou da expressão do rapaz, quando ele se voltou para seus equipamentos e começou a ler os números que apareciam em todos aqueles monitores. Parecia que tinha alguma coisa errada. O japonês informou depois de alguns longos minutos:

— Vou demorar uns 10 minutos para calibrar meus monitores. Tem certeza que o senhor é humano, senhor Claudius?

Quinze minutos depois, os equipamentos de combate estavam codificados, prontos para serem testados. Kyu colou uma etiqueta plástica numerada em cada um e registrou o número no computador que estava em sua mesa. Todos receberam o mesmo número.

O primeiro teste foi com o capacete. Claudius o colocou e já sabia que o interruptor para ligar ficava no pescoço, perto da orelha direita, por dentro. Ligou e imediatamente a tela se iluminou, mostrando que havia dois humanos a sua frente. Kyu pegou um comunicador em sua mesa e foi para a sala das armaduras, fechando a porta. Quando falou, parecia estar quase dentro da orelha dele:

— Está me ouvindo Senhor Claudius?

— Alto e claro.

— Perfeito. Este teste está encerrado. Por favor, retire o capacete e ponha os óculos.

Claudius obedeceu. Ao colocar os óculos, Cora lhe disse para pressionar a haste direita, com dois dedos. Assim que ele pressionou, uma das lentes passou a apresentar uma tela semelhante àquela do capacete, apenas menor. Mostrava Cora iluminada em azul, como humana. Novamente ouviu a voz de Kyu junto da orelha:

— Ainda pode me ouvir, senhor Claudius? Viu a imagem azul?

— Ainda está alto e claro. Sim, Cora está azul celeste.

— Ótimo, óculos testados. Não temos um vampiro para checar a imagem vermelha.

Kyu voltou para a sala. Faltava testar a espada.

Ele e Cora se afastaram para um lado, a quase dois metros de distância. Kyu disse a Claudius para segurar o tubo, mas não apontar nenhuma das extremidades para ninguém, nem seu próprio corpo. Disse para encontrar o botão que havia na extremidade e o apertar. Claudius obedeceu: ligou o botão e não aconteceu nada, só um LED verde miniatura se acendeu no cabo. Kyu aprovou:

— Ela o reconheceu, passou no primeiro teste.... Vê esse outro botão, na parte de cima? Tem duas posições: para a frente e para trás. Não aponte para ninguém e aperte a posição da frente.

Claudius apertou o botão e imediatamente uma lâmina de cinquenta centímetros se estendeu saindo pela ponta do tubo. Agora sim, era uma espada. Ele a movimentou para sentir o peso e o formato. Parecia uma arma extraordinária. Kyu voltou a falar:

— Deixe-a perpendicular ao seu corpo. Volte o botão para a posição de repouso e depois aperte na posição para trás.

A posição de repouso recolheu a lâmina. Na segunda posição, a lâmina se expandiu novamente, saindo pela parte de trás do cabo. Se alguém a estivesse segurando da maneira normal, teria sido atingido. Kyu explicou:

— Vampiros são muito rápidos e gostam de atacar pelas costas. Com o treino adequado, podem ser surpreendidos pela lâmina reversa direto em seus corações. Só tome cuidado quando a usar, para não acertar o seu próprio. Agora, recolha a lâmina e ponha a espada ligada sobre a mesa, perpendicular a você.

Assim que Claudius a soltou na mesa o LED passou de verde para amarelo. Kyu continuou:

— Ela perdeu contato com você. Vai ficar neste estado por três minutos, ou até que você a segure de novo, voltando para verde. Se outra pessoa a segurar, é disparada a lâmina reversa. Quando os três minutos acabam, ela vai para o estado vermelho, ligando um GPS para avisar a base mais próxima que seu dono foi neutralizado. Outra equipe deve ir buscá-la e resgatar os corpos. O número que registrei indica a quem ela pertence, e já está cadastrado nos sistemas GPS de toda a organização.

Claudius sentiu um arrepio. Como o japonês podia dizer estas coisas tão friamente?

Para terminar, Cora foi até uma das prateleiras e pegou algo semelhante a uma bolsa de carregar bolas de boliche.

— É para levar o capacete. Não podemos sair nas ruas com ele na cabeça e descarregando todas as baterias. Os óculos são para usar nas ruas. A armadura também dá para usar, junto com um avental de médico ou de professor. Vamos, temos que vestir as nossas antes de sair.

Seguiram do arsenal diretamente para os vestiários.

14 — Suicídio interrompido

Por volta de onze horas já estavam com tudo planejado. A EBA seria comandada por Cora, e além dos agentes George e Ricardo havia outros três. Claudius seguiu como um agente de apoio convidado, devido a sua inexperiência.

As empresas VH são fornecedoras de armas e tecnologia para as forças armadas de vários países e mantem acordos de cooperação mútua. Todos os exércitos sabem da existência de vampiros, mas mantem a informação restrita aos oficiais superiores, longe da população em geral, para evitar pânico. Quando surge qualquer evidência da atuação dos monstros, a VH, considerada e tratada como uma força especial, é chamada para atuar em sua especialidade. Da mesma forma, a VH no mundo todo pode requisitar equipamentos e recursos quando existe uma necessidade. Como esta de agora.

Os sete agentes, já vestidos com as armaduras e portando os equipamentos de combate, incluindo os capacetes que seguiam nas bolsas a tiracolo, foram direto para a garagem do prédio, onde um furgão para transporte de tropas já os esperava, requisitado no Batalhão da Polícia Militar, localizado nas proximidades. Além do furgão, havia dois policiais em motocicletas, batedores para abrir caminho pelo trânsito. O furgão era bastante adequado para transportar sete soldados armados, sem chamar a atenção.

Seguiram direto da rua Santa Ifigênia para o Campo de Marte, um pequeno aeroporto urbano, que também atua como base militar aérea. Chegaram em poucos minutos, devido à presença dos batedores abrindo caminho pelo trânsito sempre entupido de São Paulo.

No Campo de Marte encontraram um helicóptero Esquilo UH50 os esperando, pronto para levá-los até a Base Aérea de Cumbica. Em poucos minutos já estavam voando. Claudius nunca antes tinha visto tamanha organização e sincronismo. Se sentia como se estivesse vivendo um filme do James Bond, usando aquela roupa espacial, portando armas futuristas e acompanhando um grupo de soldados que não tinham nenhuma garantia de voltar vivos. Pior, ele sentia a adrenalina subindo em todos os seus companheiros. A coisa era para valer: matar ou morrer.

O voo de helicóptero durou cerca de cinco minutos. Em Cumbica passaram para um avião VU-35A Learjet, da FAB, que demorou menos de duas horas até pousar na Base Aérea de Brasília, tempo equivalente ao que um jato comercial demoraria. Em compensação a base aérea dispensava os procedimentos demorados dos aeroportos civis, e em poucos minutos já estavam em outro furgão a caminho do setor hoteleiro da cidade, desta vez sem batedores. O trânsito em Brasília ainda é melhor do que em São Paulo, e eles não queriam chamar a atenção.

Cora reviu o plano durante o voo. Basicamente consistia em invadir o clube, localizado em um hotel, neutralizar os vampiros, o que significava cortar cabeças ou perfurar corações, e recuperar a refém. Não havia necessidade de prisioneiros vampiros, mas deviam evitar baixas humanas. Quando a operação estivesse terminada, a polícia local cuidaria dos civis vivos remanescentes e se livraria dos vampiros mortos. Tudo conforme os protocolos.

Ela não quis falar o que seria feito depois com a refém.

Enquanto o furgão seguia para o setor hoteleiro, repassaram os últimos detalhes. Os agentes deviam cercar o hotel sem chamar a atenção, usando os óculos e macacões de eletricistas sobre as armaduras. Teriam quatro minutos para se posicionar, conforme os mapas que trouxeram. Depois colocariam os capacetes e seguiriam as ordens dadas pelo rádio. Dois agentes cuidariam da entrada, ou outros seguiriam em seguida. Claudius deveria permanecer no furgão até o local estar seguro.

Ele não gostou nada daquilo. Era inexperiente em ataques de Caçadores, mas não se julgava vulnerável. E todos pareciam se esquecer de que a refém era Alana, sua futura esposa. Não quis discutir nada, agiria quando ele julgasse necessário, não era obrigado a seguir aquelas ordens.

Todos, exceto ele mesmo, começaram a vestir os macacões largos que já estavam no furgão, por cima das armaduras. Aquilo devia ser uma operação rotineira. Vestidos assim podiam andar pela rua, embora os óculos ainda pudessem chamar alguma atenção. Eram quinze horas quando chegaram em frente ao hotel, um prédio antigo para os padrões de Brasília, e que já devia ter uns quarenta anos. Tinha oito andares além do térreo. As paredes em volta das janelas foram pintadas de vermelho há muito tempo, agora estavam desbotadas. Todas as janelas de todos os andares tinham vidros fumê, o que impedia de saber se estavam abertas ou fechadas. O andar térreo também era cercado de vidros espelhados, impedindo a visão do interior. A entrada principal fica em frente a um semicírculo desviado da rua, que permite a entrada de carros até ao lado de uma porta automática, também de vidro espelhado. Depois da passagem de carros e ao lado da porta, havia uma placa de alvenaria, com cerca de um metro por dois, com os dizeres: "Clube Hotel Vermelho, acesso restrito aos associados."

Cora não gostou do que viu. Todos aqueles vidros espelhados impediam a visão de fora para dentro, mas não impedia que quem estivesse dentro pudesse ver toda a rua. Impossível cercar aquele lugar sem ser visto. Mudança de planos, o ataque teria que ser frontal. George e Ricardo seguiriam diretamente para a entrada. Se estivesse guardada por dentro, teriam que ganhar tempo enquanto os demais chegavam.

Os dois desceram do furgão e seguiram para a entrada, andando calmamente. Cada um levava a bolsa com o capacete numa das mãos, enquanto mantinham a outra mão dentro do bolso da calça, segurando a Jedi ligada. Pareciam mesmo dois eletricistas, atendendo a algum chamado. Os outros agentes já colocavam seus capacetes, ainda dentro do furgão. Claudius observava os dois rapazes através dos seus óculos, quando eles chegaram à porta automática. Quando a porta se abriu para que passassem, pode vislumbrar a recepção do hotel, com um balcão à direita e elevadores ao fundo. Ao lado dos elevadores, a micro câmera dos óculos mostrava dois seguranças, em imagens claramente vermelhas.

Foi a voz de George que ecoou nos fones, dando o alarme em voz baixa, mas sem demonstrar nervosismo:

— Dois alvos!

O reconhecimento foi mútuo. Quando a porta automática terminou de abrir e chaveava seus circuitos para voltar a fechar, Claudius viu os seguranças levarem as mãos às costas e as trazerem de volta segurando algo parecido com cabos de alguma arma branca. O movimento foi muito rápido para olhos humanos, mas não para ele. Os dois agentes estavam sem capacetes e com as mãos ocupadas, seriam presas fáceis.

Sem pensar, obedecendo apenas à adrenalina que inundou suas veias, ele saltou para fora do furgão, correndo velozmente na direção da porta que começava a se fechar. Passou por ela já com sua Jedi ligada e expandindo a lâmina. Os vampiros também agiam em velocidade e puderam ver sua corrida. Um já estava quase alcançando Ricardo, mas hesitou um momento ao ver um humano armado correndo na velocidade dos vampiros. Sua hesitação foi fatal. Claudius usou um dos golpes ensinados por Cora para decapitar sua primeira cabeça. Viu que não daria tempo para alcançar o segundo vampiro, o que corria em direção do George.

Mas não era à toa que aqueles dois estavam entre os melhores agentes da companhia. George não podia ver o vampiro que corria em alta velocidade na direção dele, mas a micro câmera nos óculos mostrava uma mancha vermelha se aproximando. Sem tirar a mão do bolso ele expandiu a Jedi deixando que a lamina saísse rasgando a calça. Num rápido movimento de pulso e braço, levantou a lamina cortando o resto do tecido, dirigindo a ponta para o coração da mancha vermelha. Quando sentiu o impacto de alguma coisa contra sua espada ele a soltou e girou seu corpo rapidamente, sentindo que sua armadura desviava alguma coisa que atingiu seu tórax com som metálico e rasgou o macacão. O vampiro se chocou contra a parede de vidro ao lado da porta, mas não a quebrou. Aqueles vidros deviam ser blindados. Ricochetou no vidro e caiu de costas, com a Jedi completamente enterrada no coração. O LED no cabo da espada já mudava para a cor amarela.

Os três agentes mal tiveram tempo de avaliar a situação. Duas recepcionistas numa extremidade dentro do balcão começaram a gritar, em pânico. Uma delas aparecia em vermelho nos visores e passado o primeiro susto, começou a correr para o meio do balcão. Claudius deduziu que ela pretendia acionar algum alarme. Saltou mais rápido que ela por sobre o balcão, esticando o braço com a Jedi usando outro movimento ensinado por Cora e interceptando o trajeto da vampira bem na altura do pescoço. Uma segunda cabeça se separou do corpo e caiu junto com ele dentro do balcão, onde havia diversos computadores; apenas os monitores e os teclados ficavam na parte de cima. Teve uma ideia: correu por toda a extensão do móvel cortando cabos de força e cabos de sinal de todas as máquinas. Nenhuma delas serviria mais para ativar qualquer alarme.

A recepcionista humana desmaiou quando o corpo sem cabeça da colega caiu perto dela. Claudius a alcançou e aparou para que não se machucasse na queda, e a deitou gentilmente no chão, agradecido por ter parado de gritar.

Os dois agentes colocavam seus capacetes antes de continuar. George recuperou sua Jedi que voltou a ficar verde. Cora e os outros três chegaram correndo pela porta automática, com espadas em punho. Ricardo que ainda não tinha feito nada, foi quem relatou para todos os fones:

— Três alvos neutralizados.

Cora olhou em volta, e como estava no comando, foi quem ordenou:

— Procurem por câmeras, deve ter uma sala de segurança. Vamos em frente!

Claudius viu uma escadaria ao lado dos elevadores, do lado oposto ao balcão. Sem falar nada, disparou para o andar de cima. Seus companheiros só viram uma mancha azul desaparecendo nos visores.

O salão no mezanino tinha dois ambientes: o primeiro era um restaurante, vazio àquela hora. O outro era uma grande sala de estar, cheia de sofás num dos cantos, com um bar ao fundo. Em outro canto havia um pequeno palco e uma pista de dança. Cinco humanos nos sofás, dois homens e três mulheres. Outro vermelhão no bar, surpreso por ver um alienígena acima do peso numa roupa preta esquisita e usando óculos escuros. Quando Claudius disparou em direção do vampiro, este ainda tentou pular em direção de um botão de alarme, ao lado de uma espada curta dentro do balcão, mas Claudius foi mais rápido. Estava pegando o jeito. Desta vez a Jedi foi certeira num coração.

Mais gritaria dos humanos, estava começando a ficar irritante. Voltou para o lado da escadaria, onde os outros caçadores estavam chegando. Eles deviam ter algum jeito de silenciar aquela turma, algum gás ou coisa assim.

Disparou novamente para a escada, para o andar de cima.

Este estava identificado como segundo andar. Era de apartamentos, oito ao todo, mais uma salinha com material de limpeza. Verificou todas as salas, uma por uma, todas vazias. Nos dez minutos seguintes, inspecionou todos os seis andares superiores. Em alguns havia quartos maiores, uns poucos apartamentos tinham banheiras, outros eram suítes de luxo. Vários estavam ocupados, com casais humanos. Encontrou mais dois vampiros homens atuando como seguranças, e outras quatro garotas vampiras nos quartos, todas nuas e acompanhadas. Uma delas estava num quarto com outra humana. Não importa, todos os vampiros foram pegos de surpresa e mortos com facilidade.

Mas não estava satisfeito. Não tinha encontrado sua amada. Pelo fone podia ouvir a equipe relatando os alvos que encontravam já neutralizados. Cora parecia muito irritada. Ela chefiava a missão e ainda não tinha feito nada, exceto correr por escadarias. Ficava constantemente chamando por ele pelo rádio, mas ele fingia não ouvir e nem respondia.

Onde Alana estaria, o que estavam fazendo de errado? Foi então que teve um estalo. Correu até os elevadores, chamou um e entrou quando a porta abriu. Tinha botões para todos os andares que ele já tinha visitado e mais um: S1, que na parede do elevador era identificado como "Garagem". Ainda não ficou satisfeito. Disparou para o lado oposto do corredor, onde tinha outro elevador, o de serviço. Além dos mesmos botões dos elevadores sociais, tinha mais um: S2. Nenhuma identificação na parede. Apertou aquele botão e deixou a porta fechar.

Quando chegou ao segundo subsolo e saiu do elevador, foi que compreendeu sua idiotice. Vampiros fogem do sol. Onde poderia ser a administração e a segurança, senão no porão mais enterrado?

Havia papéis espalhados pelo chão de todo o corredor, como se uma ventania tivesse acabado de passar por ali. Mas não venta em subsolos, então aquilo foi uma correria de vampiros. Quebrou o silêncio no rádio, já podia chamar Cora:

— Cora, achei a Administração. Fica no segundo subsolo, venha pelo elevador de serviço.

Em segundos ele inspecionou todas as salas. Tudo deserto. Havia a sala da diretoria, que tinha a placa "Diretora Sophie" na porta. Uma sala espaçosa, com tapetes grossos, frigobar, um grande sofá, uma enorme TV, um cofre escancarado e uma mesa executiva com um computador de última geração, tela grande. Ele gostaria de ter uma sala assim em sua empresa, só acrescentaria uma prateleira com alguns livros e manuais.

Outra sala era a Segurança. Todos os andares eram monitorados dali. Algumas telas ainda estavam ativas, mostrando o rastro de sangue que ele deixou. Outras apagadas. Pode ver seus amigos correndo para o elevador de serviço, vários humanos ainda chorando, outros dormindo: desmaiados ou sedados.

Havia outras salas que eram vestiários, refeitório, banheiros. Uma geladeira no refeitório estava cheia de bolsas de sangue.

Mas o que mais o deixou irritado, foi a sala mais ao fundo, uma sala de hospital. Equipamentos de monitoração cardíaca, suporte para soro, várias garrafas vazias de soro deixadas num canto, outros tantos frascos vazios de anestésicos, correntes abandonadas pelo chão. Os malditos mantiveram Alana dopada e acorrentada naquela sala. Ele examinou a cama. Estava fria, mas ainda tinha um resquício do perfume dela, que ele conhecia tão bem, mesmo antes de ter sentidos apurados. Tinha chegado tarde, ela foi removida bem antes da sua chegada. E os captores dela fugiram, enquanto ele passeava pelos andares de cima. "Idiota, idiota, três vezes idiota!". Os vampiros abandonaram companheiros, como "bois de piranha", apenas para distraí-los durante a fuga.

Ouviu a porta do elevador se abrir, anunciando a chegada de Cora e dos rapazes. Foi ao encontro deles. Cora estava para começar um sermão, mas parou ao ver a expressão no rosto dele. Estava quase chorando ao falar:

— Ela foi levada daqui. Chegamos atrasados. Era nossa única pista...

Cora também agiu sem pensar. No lugar do sermão, lhe deu um abraço bem apertado. Aquele homem, que praticamente sozinho destruiu um covil de vampiros, era humano e estava sofrendo.

Os rapazes estavam sem jeito, constrangidos pela cena. Foi Ricardo quem teve coragem de interromper:

— Claudius, pode nos ajudar? Temos que remover os Hard Drives de todos os computadores. Podem nos dar alguma pista nova...

Aquela frase o despertou. "É claro.", os computadores deviam ter alguma coisa.

Se soltou do abraço de Cora e novamente voltou a usar sua velocidade, desmontando rapidamente todos os computadores que conseguia encontrar. Vários estavam desligados, mas alguns ainda estavam trabalhando. Por curiosidade, ligou o monitor de um que estava ativo, para ver o que estava fazendo. Foi outro choque. "Malditos vampiros!".

O computador estava formatando o HD, apagando tudo. Conhecia aquilo, era seu mundo. Um retrovírus destrutivo, disparado pela rede. Sacou a Jedi e cortou todos os fios que chegavam ao equipamento. A máquina interrompeu o suicídio. Cortou os fios de todas as outras que estavam por perto. Desta vez foi ele que passou instruções pelo rádio:

— Estes computadores estão se suicidando. Cortem todos os fios, cabos de sinal e cabos de força. Talvez dê tempo de salvar alguma coisa.

Lembrou que tinha isolado as máquinas da recepção, provavelmente antes do alarme ser acionado. Aquelas estavam intactas, poderiam ter alguma coisa.

Os rapazes que estavam no corredor novamente viram uma sombra azulada passar por seus visores e desaparecer. Precisariam se acostumar com aquilo.

Saíram do hotel quinze minutos depois, levando as bolsas dos capacetes cheias de discos de computadores. Cora já estava ligando para a base, podiam liberar a polícia local para invadir o local. Saldo da operação: dez vampiros mortos, nenhuma baixa humana ou de agentes e nada da refém. Outros dez humanos foram deixados para serem interrogados pela polícia.

Em cerca de 4 horas estariam de volta à base em São Paulo, para que Kyu e sua equipe começassem a analisar os discos, antes que fossem confiscados pela Polícia Federal.

15 — Perigo iminente

O relógio indicava nove horas da noite de uma segunda-feira nefasta. Noboiushi não conseguia esconder sua irritação. Em seus trezentos anos como vampiro, já tinha passado por vários ataques de Caçadores. Ganhou algumas batalhas e perdeu outras, mas nunca viu um ataque com aquela precisão cirúrgica. A Casa de Sophie caiu em poucos minutos. Mesmo com toda a segurança que ele próprio tinha desenvolvido, já que acumulava a função de Diretor de Segurança. Sentiu aquilo como mais uma derrota, insuportável.

Estava na cidade desde a véspera. O voo de Paris chegou atrasado mais de uma hora, aliás como parecia ser comum em todos os voos no Brasil. Devido ao atraso, chegou na Casa de Sophie por volta das nove horas. Para uma noite de domingo, até que havia algum movimento na casa, mas nada preocupante. A transferência de Alana para a Casa de Katsumí foi tranquila. Havia solicitado com antecedência uma ambulância da Red Moon, das várias que faziam o transporte de pacientes. Pouca gente notou uma ambulância chegando ao estacionamento do hotel e mesmo quem viu não se importou. Foi ele mesmo quem carregou Alana no colo, do quarto até a ambulância. Ela precisava de vigilância constante. O corpo dela tentava repelir a agulha com o soro, e sem o soro o anestésico seria neutralizado em poucos minutos. Ela acordaria e ninguém podia prever qual seria a reação dela. Para prevenir qualquer problema, ela tinha que ser mantida acorrentada e a agulha tinha que ser conferida todo o tempo.

O estranho foi a reação de Katsumí ao recebê-la. Ficou claro que ela reconheceu Alana, mas a expressão que fez ficou entre a surpresa e algum alívio. Mas não criou nenhum problema. O quarto já estava preparado conforme ordenado.

Sophie também estranhou quando ele chegou e anunciou a transferência da nova hóspede. Ela ainda não sabia quem era a cativa e estava curiosa com todos aqueles cuidados. Não conseguia entender a importância de uma simples humana, mesmo com todos os sinais de que não era uma humana comum.

Ele permaneceu na Casa de Katsumí durante todo o dia, supervisionando pessoalmente a hospedagem de Alana. Estava pensando em deixá-la acordar e começar um interrogatório. Só faltava chamar o mestre, que ainda estava num hotel, decidindo qual das noivas chamaria primeiro. Ele preferia agir quando anoitecia e gostava de permanecer longe da agitação das casas. Estava no hotel quando o alerta chegou, por volta das quinze horas.

Pela manhã, na inspeção que rotineiramente era feita todas as segundas, os auxiliares de Sophie comunicaram que o hotel estava com problemas elétricos em alguns apartamentos. Lâmpadas, chuveiros e aparelhos de TV estavam sempre dando problemas. Isto era motivo de uma de suas frequentes discussões com Donatello: como Diretor de Operações, ele achava que deviam ter uma equipe de manutenção permanente em todas as casas, mas Donatello era contra. Na opinião do Diretor Financeiro, a moderna administração dizia que deviam manter foco em seu negócio básico, qualquer outra atividade tinha que ser terceirizada. Manutenção das casas não era o negócio da Red Moon. Portanto, sempre que precisavam de algum serviço, tinham que recorrer a terceiros. Sophie autorizou que os vampiros da segurança acionassem a empresa terceirizada que fazia a manutenção elétrica. De certa forma isso foi de alguma utilidade: foi o que salvou a vida dela.

Como sempre acontecia em Brasília, a empresa só teria um técnico disponível depois de três dias, portanto o chamado ficou agendado para quinta. Qual não foi a surpresa dos seguranças ao verem DOIS eletricistas chegando na Casa, em plena tarde de segunda. Estava evidente que eram impostores. E não podiam ser policiais ou fiscais disfarçados fazendo uma inspeção, já que Sophie não foi avisada antecipadamente pelos frequentadores habituais, sempre ansiosos para agradá-la. A dedução foi lógica: Caçadores.

Numa situação normal os dois seguranças do saguão teriam resolvido aquilo em poucos minutos. Já tinham feito isto diversas vezes, eliminando policiais e visitas indesejadas. Dispararam o alarme silencioso com seus controles remotos e partiram para a ação. Mas desta vez foi totalmente anormal. Os seguranças é que foram eliminados, em segundos. Ele ainda estava vendo as imagens transmitidas pela Sala de Segurança e mal podia acreditar no que via: os Caçadores foram ajudados por um vampiro! Era a única explicação para o que estava naquelas imagens.

Pelo menos Sophie agiu rápido, assim que o alarme apareceu em sua mesa. Foi uma vantagem da juventude dela, outra noiva mais velha teria tentado enfrentar os inimigos. Assim que os dois vampiros na Sala de Segurança repetiram o alerta local para toda a organização, avisando que estavam sob ataque, ela acionou o plano de evacuação. Deixou que os Caçadores tomassem o prédio enquanto ela e os dois seguranças recolhiam toda a documentação importante e saiam tranquilamente pelo estacionamento, no carro dela protegido contra a luz.

Ela só demonstrou irritação ao chegar na Casa de Katsumí, quando se convenceu que havia perdido a própria casa. Para se acalmar, foi enviada para o hotel onde o mestre estava. Nas próximas horas fariam uma reunião para decidir o que fazer a seguir. A Red Moon não se abalaria com a perda de uma casa. Os vampiros mortos podiam ser substituídos facilmente.

Mas havia outras coisas para serem analisadas: quem é aquele vampiro que ajudou os Caçadores, e com qual objetivo? Nas gravações podia ver a habilidade, a força e a velocidade do indivíduo. Definitivamente, foi quem fez a diferença durante o ataque. As gravações foram feitas enquanto os últimos computadores na Sala de Segurança estavam operacionais, transmitindo as imagens em tempo real, antes de serem desativados pelos comandos transmitidos pela Sala de Segurança da Casa de Katsumí. Pelo menos o esquema de proteção informatizado funcionou.

Outra preocupação era saber como a Casa foi descoberta. O que mais os inimigos sabiam? Por precaução ele reforçou a segurança da Casa de Katsumí, mas sabia que isso não seria suficiente, caso os inimigos atacassem com a mesma precisão. E ainda tinha que pensar em Alana. Definitivamente ela não estava segura na Casa, em qualquer hotel ou mesmo em algum hospital. Os Caçadores estavam muito próximos.

Tinha muito a discutir com o mestre na reunião que fariam nas próximas horas. Inclusive uma nova transferência de Alana. Ela poderia ser interrogada quando estivesse fora do país.

Alana Ghosten e o Resgate da Deusa

Parte 4 — Primeiro escalão

16 — Rota 9 norte

A manhã de terça-feira na segunda semana de março já representava bem o fim do inverno no hemisfério norte. Já não nevava todos os dias, mas as temperaturas ainda ficavam perto de zero e havia todas aquelas montanhas de neve acumuladas ao lado da estrada, formadas pelo gelo que era retirado da pista e empurrado para os lados. O agente Steve York dirigia seu automóvel Volvo pelo caminho habitual entre Manhattan, onde ficava seu apartamento, e a antiga fazenda em Poughkeepsie, que agora abrigava a sede da VH Consulting and Technology, também conhecida pelos seus frequentadores como New York Headquarter of the Vampire Hunters.

Muita gente pensava que a Base New York ficava na cidade de mesmo nome, mas na verdade estava a cerca de 90 milhas mais ao norte, seguindo pela Rota 9 que margeia o Rio Hudson. O Distrito de Poughkeepsie, no Estado de New York, abriga um enorme número de grandes empresas, a maioria envolvida com tecnologia como era o caso da VH. Steve não se importava por dirigir quase duas horas, para ir de seu apartamento até a empresa. Não era obrigado a fazer este caminho todos os dias. Fazia o percurso apenas quando tinha alguma coisa para pesquisar nos poderosos computadores da companhia. Aquela base era uma das que tinham os melhores e mais rápidos computadores, talvez até superando as bases de Tóquio e Londres, as outras duas gigantes da VH.

Desde que descobriu a identidade do Imperador dos Vampiros, foi incumbido de obter o máximo de informações sobre a companhia deles, a multinacional Red Moon. Todos sabiam que Shogun estava no Brasil, conforme descobriu nas suas investigações de duas semanas antes, mas seu comandante insistia que deveriam neutralizar a Red Moon inteira, não só o seu líder.

Steve sabia que o Comandante Alan Blacksword tinha uma disputa pessoal com o Comandante Espério pelo comando geral da VH e que vivia procurando por qualquer oportunidade em que pudesse se destacar.

Se não fosse por Blacksword, talvez já tivesse partido para o Brasil, fechando o cerco sobre Shogun. E estaria trabalhando com Cora, a dona do seu coração, sua paixão escondida pelos últimos 10 anos. Não conseguia tirá-la do pensamento. E as notícias que chegavam, o deixavam muito mais nervoso e irritado.

Dois outros componentes da sua "família de Tel Aviv", George e Ricardo, também estavam servindo na Base São Paulo, junto com Cora, e o mantinham informado sobre tudo o que acontecia, sem que fosse do conhecimento dela ou dos comandantes. Seus amigos contaram que Cora era a babá do "marido da vampira", que estavam treinando juntos, almoçando juntos e até tinham saído numa EBA juntos. Enquanto que ele tinha que ficar redigindo relatórios, aqui do outro lado do mundo, fingindo não saber de nada. Era muito frustrante.

Ficava ainda mais irritado ao saber que o sujeito, um velho grisalho, baixinho e barrigudo, em apenas um fim de semana foi contratado, era respeitado por todos, inclusive por seus amigos, e neutralizou um covil de vampiros, na EBA comandada por Cora. Até poderia vir a ser um bom agente, se não estivesse grudado na garota errada.

Agora era ele quem precisava arrancar fumaça daqueles computadores, até achar algo que justificasse sua ida para o Brasil. Já tinha muita coisa que apontava para Paris, mas não era o que queria.

Precisava encontrar logo alguma evidência do que a Red Moon estava fazendo no Brasil, para pegar o primeiro avião e acabar logo com aquela festa. Não conseguia sequer imaginar Cora envolvida com um marido de vampira. Pior, ele tinha visto as fotos de Madame Pin. O coroa gosta de meninas jovens, já que as duas aparentam a mesma idade.

Isto o fez se lembrar da noite anterior, quando estava voltando para Manhattan. Parou para jantar num restaurante japonês, numa das áreas comerciais ao lado da estrada, ainda em Poughkeepsie. Pediu um combinado de comida japonesa, um Bento Box, acompanhado de Ban Chá, aquele chá japonês servido quente, muito apropriado para temperaturas perto de zero graus. Uma garçonete japonesinha, de uns 17 anos, muito bonita e educada, não deixava sua xícara esvaziar, sempre a completando, mal ele bebia um pouco. Foi preciso interrompê-la para poder terminar o jantar e o chá. Mas gostou do serviço. Ao pagar a conta, deixou o troco como gorjeta, ao que ela agradeceu com um lindo sorriso. Antes de sair, ele perguntou o nome dela. A menina respondeu e soletrou, com um forte sotaque oriental:

— PIN, pee — ai — ene.

Por um momento pensou que tinha encontrado Madame Pin. Mas não, já tinha visto as fotos e aquela não era a Madame, era apenas outra japonesa jovem e bonita. Imediatamente voltou a se lembrar da juventude e beleza de Cora, tão longe e precisando ser protegida.

Aqueles computadores tinham que mostrar alguma coisa, e rápido.

17 — Interrogatório cibernético

Enquanto o final do inverno no hemisfério norte tinha temperaturas perto de zero grau em algumas regiões, em São Paulo o final do verão na segunda semana de março tinha médias acima de 30 graus e temporais quase diários. Mesmo á noite, as temperaturas continuavam altas e era muito difícil dormir.

Claudius já nem tentava dormir mais. E não era por causa do calor. Ele estava tão frustrado por não ter encontrado Alana na Casa de Sophie que sequer pensou em sair da base.

Tinham chegado no início da noite, voltando de Brasília. Toda a equipe seguiu direto para os vestiários, para tirar o equipamento de combate, tomar uma ducha para relaxar e trocar de roupas. Claudius também, mas fez tudo isto em sua velocidade acelerada, e já estava saindo do vestiário enquanto os outros ainda entravam.

Se adiantou aos demais e levou todos os discos rígidos apreendidos para o armeiro, usando não só a velocidade, mas também a força. Kyu já estava aguardando. Foram para uma outra sala perto da Sala de Operações, cheia de computadores reserva, onde outra equipe de cinco agentes já estava a postos. Um deles era Daniel, o mesmo que tinha revelado a localização da Casa de Sophie no dia anterior. Imediatamente começaram a conectar os discos em cabos previamente preparados, para iniciar o interrogatório.

Kyu explicou que o processo era demorado. Eles não sabiam qual programa tinha sido usado para apagar os dados e nem qual a extensão do estrago. Muitos programas de limpeza apagavam primeiro os índices e depois os dados verdadeiros. Quando era possível reconstruir o índice, ficava fácil chegar nos dados. Tinham que fazer uma varredura bit a bit desde o início, tentando formar bytes e depois tentar juntar os bytes para formar palavras, que podiam ser uma entrada válida de algum arquivo, ou apenas algum lixo remanescente de processos anteriores. Depois outra varredura tentava remontar qualquer eventual arquivo que fosse encontrado. Por último, a equipe teria que ler cada arquivo e identificar qualquer coisa útil. Claudius falava aquela língua e entendeu toda a explicação logo na primeira vez. Também entendeu que aquilo levaria a noite toda, ou até mais.

Como todos os discos estavam etiquetados, logo encontrou os que vieram dos equipamentos da recepção, que tinham sido desligados antes do suicídio coletivo. Ele mesmo decidiu analisar aqueles, que deveriam ter arquivos inteiros e legíveis. Bingo, tiro certeiro. Logo no primeiro HD já havia um grande número de arquivos contendo dados e programas. A maioria dos dados continha nomes de clientes e funcionários, com o registro da movimentação da casa, dia a dia, aparentemente desde o início do mês. Alguns arquivos continham nomes de clientes, o quarto ocupado, o nome da acompanhante e dados de consumo. Alguns campos ele não conseguia entender, pareciam números em algum código. Talvez os analistas de Kyu vissem algum sentido, ou conseguissem cruzar aqueles campos com algum outro arquivo.

Outros arquivos pareciam ser de movimentação de pessoal. Tinham nomes do que pareciam ser funcionárias já que quase todos os nomes eram femininos, datas de entrada e saída, números nas colunas que indicavam origem e destino, outro número que indicava status e coisas assim. Eram arquivos grandes, o que indicava que a rotatividade de pessoal era bastante frequente.

Ficou a noite toda tentando decifrar aqueles dados. Usou até alguns sniffers que conhecia, procurando em todos os arquivos pela palavra "Alana", mas sem nenhum resultado. As palavras "humana" e "vampira" apresentavam muitas ocorrências, mas não era claro qual a relação entre elas.

Também havia arquivos gravados com senha, que ele não conseguia abrir, mesmo usando alguns programas especiais. Kyu disse que aqueles arquivos deviam ser os mais importantes. Seriam copiados para os computadores de grande porte, que tinham maior poder de processamento e trabalhados por programas especializados em quebra de segurança. Havia todo um esquema especial a ser seguido, pois aqueles arquivos podiam ser "cavalos de troia", contendo algum tipo de vírus que seria libertado quando o arquivo fosse aberto. Sua equipe sabia como agir.

Claudius tinha que admitir que aqueles agentes eram bastante profissionais. Mesmo com toda a sua experiência, ele não conseguia pensar em algumas coisas que eram óbvias para a equipe. Mesmo assim a terça-feira já estava amanhecendo e ainda não tinham encontrado nenhuma pista. Ele já começava a se questionar novamente sobre o que estava fazendo de errado.

Assim que o dia raiou decidiu fazer uma pausa, para reordenar as ideias. Foi para o refeitório procurar um café e alguma coisa para comer. Sua última refeição tinha sido o café da manhã do dia anterior. Seu cérebro parece que despertou depois de um copo cheio de café preto e alguns pães de queijo esquentados num micro-ondas. Começou a analisar o que tinha até o momento.

Aqueles dados que ele tinha visto eram dos micros da recepção. Continham informação da movimentação local, não necessariamente da organização. Havia evidencias de uma grande movimentação de pessoal, mas as informações de origem e destino eram números. O número que aparecesse mais vezes era provavelmente o local mais perto, e havia uma grande chance de Alana ter sido transferida para tal local. Era fácil chegar no número mais usado, bastava montar uma planilha, contar as ocorrências e classificar por aqueles campos.

O próximo passo seria identificar o local a que aquele número se referia. Provavelmente um dos arquivos protegidos por senha seria um cadastro dos locais numerados. Dependiam dos programas de quebra de segurança para achar o cadastro. A menos que houvesse outro jeito. O café agia em seu cérebro e a capacidade de pensar aumentada pelo sangue regenerador lhe deu uma ideia.

Se todas as comunicações entre computadores eram feitas pela Internet, existia um arquivo interno que registrava os endereços eletrônicos mais usados. Era chamado de "cache do DNS". Aquele arquivo continha os endereços IP mais usados, e cada endereço podia revelar qual o computador e o local onde estava instalado. Cada país e região possui códigos específicos. Alguns órgãos governamentais controlam o cadastro de endereços IP, indicando quem é seu proprietário. Portanto o arquivo de cache poderia ser usado como um cadastro, se Kyu tivesse acesso aqueles órgãos.

Normalmente as atendentes da recepção não são especialistas em informática. Provavelmente aquelas não sabiam muitas senhas e nem sabiam trabalhar exclusivamente com números. Poderia significar que os próprios programas abriam os arquivos protegidos e faziam a conversão conforme os dados fossem necessários. Poderia ser mais fácil do que parecia, só precisavam de uma nova abordagem.

Voltou imediatamente para a sala onde a equipe ainda trabalhava. Antes de expor suas ideias, foi interrompido por Kyu:

— Mandei uma mensagem para nosso especialista em espionagem, em Nova Iorque, pedindo alguma dica. Com a diferença de fuso horário, ele deve nos responder em mais algumas horas.

— Kyu, enquanto ele não responde, podemos tentar uma coisa. Você consegue identificar e listar o cache do DNS nestes discos e identificar os endereços IP mais usados?

Kyu arregalou os olhos:

— Cache é memória, mas pode ter uma cópia. Boa ideia. Me dê alguns minutos.

Para Daniel, fez outro pedido:

— Daniel, pode me ajudar em outra linha? Por favor, faça uma cópia de um destes discos que estão inteiros e vamos trabalhar na cópia. Quero dar boot nele e ver como as atendentes trabalhavam. Vamos simular uma transferência de pessoal e ver o que aparece.

Desta vez foi Daniel quem mostrou surpresa. Era uma abordagem simples e diferente do que eles faziam, mas poderia ser bem promissora.

Claudius seguiu para o ultimo computador que estivera usando, para criar uma planilha e identificar o número do local mais usado para movimentação de pessoas. Com sorte, seria o mesmo local indicado pelos endereços IP. Ele tinha esperanças renovadas de encontrar alguma pista.

Em mais uma hora os outros agentes estariam de volta, para mais um dia de trabalho normal. E ele tinha certeza de que um dos primeiros a chegar, pedindo um relatório, seria o Comandante Apolônio.

Era urgente ter alguma resposta.

18 — O primeiro escalão

O Comandante Apolônio chegou cedo, mas não seguiu direto para pedir relatórios aos seus agentes.

Ele sabia que Kyu e sua equipe trabalharam por toda a noite, assessorados por Claudius. Mas também sabia que nenhum deles era especializado em espionagem, e não acreditava que pudessem chegar a algum resultado. O único com capacidade de encontrar alguma coisa seria o Agente Steve, mas estava em Nova York e começaria a trabalhar duas horas depois, devido à diferença de fuso horário. O que significava que ele só teria alguma coisa para trabalhar depois do almoço, apesar do esforço dos seus próprios agentes.

Por enquanto, queria trabalhar no relatório de Cora sobre a missão da véspera. Ela o tinha redigido durante a viagem de volta e o entregou antes de ir para casa descansar. Era realmente uma agente exemplar. A missão foi um sucesso total, apesar de não encontrarem a refém. Ele agora precisava divulgar o resultado para toda a organização, era um feito que merecia destaque, devido ao número de vampiros neutralizados, ao pouco tempo em que tudo foi feito e sem nenhuma baixa humana. Não é sempre que tinha alguma notícia tão boa para divulgar para os outros comandantes. Normalmente precisavam de várias semanas e até vários meses para descobrir algum covil de vampiros e sempre aconteciam algumas baixas enquanto eram desativados. Desta vez tudo correu muito bem, graças a sua subordinada, a Agente Cora, com alguma ajudazinha do agente convidado Claudius. Só precisava melhorar o texto, pois não gostou daquele relatório conter tantos elogios para Claudius. Podia parecer até que ele fez tudo sozinho.

Por volta das nove horas, ainda estava revisando o comunicado que seria despachado quando Kyu se apresentou para fazer um relatório. Estava sozinho.

— Claudius não veio com você? Vocês têm mesmo alguma coisa para relatar?

Kyu é conhecido por suas respostas curtas e rápidas. Ele nunca enrola, não mente e nem esconde o que tem para falar:

— Ele foi ao refeitório fazer uma refeição reforçada, antes do senhor montar as EBAs.

Apolônio teve um sobressalto e se endireitou na cadeira:

— Que EBAs? Do que você está falando?

— Temos mais dois lugares para neutralizar em Brasília. Daniel está levantando os endereços. Claudius quer estar lá na hora do almoço.

O comandante ficou branco. A organização nunca desativou três covis em dois dias, em toda a história. Imediatamente pegou o telefone e deu ordens convocando Cora e George. Voltou para Kyu:

— Me explique isso. O que vocês acharam? Sem termos técnicos, me diga só a parte prática.

— Foi ideia do Claudius. Ele descobriu que todas as transferências de pessoas sempre são feitas entre vinte e três lugares diferentes, incluindo a própria Casa de Sophie. Simulando uma transferência, os computadores revelaram outras casas, além da própria, num total de doze. Além das casas, tem outros onze locais que parecem ser locais temporários. Nós estamos chamando de depósitos.

— Essa conta não bate. Se tem doze casas deveria ter doze depósitos, e não só os vinte e três.

Apolônio estava prestando atenção.

— Claudius percebeu isto. Ele viu também que as casas têm nomes de cidades: Paris, Tóquio e outras. Mas não achamos nenhuma cidade chamada Katsumí nem chamada Sophie e também nenhuma casa é chamada Brasília.

— Espere aí, não existe uma cidade Sophie na Bulgária?

Apolônio pensou ter visto uma oportunidade de sobrepujar o gênio.

— Já desativamos esta casa, e a capital da Bulgária é Sófia. Claudius deduziu que Katsumí e Sophie são nomes de vampiras, e que as duas casas ficam na mesma cidade, Brasília, compartilhando o mesmo depósito.

Apolônio teve que concordar para disfarçar o mico:

— Isto explicaria. Quer dizer que Brasília ainda tem a Casa de Katsumí e um depósito. Já sabem onde ficam?

— Verificamos os nomes dos clientes com um sniffer. Daniel percebeu que não tinha nenhum nome muito importante, nenhum senador ou autoridade do primeiro escalão. Claudius deduziu que os importantes devem ser atendidos pela segunda casa. Daniel concorda que um hotel como o da Sophie não é adequado para receber um senador, eles são muito exigentes.

— E onde é mais adequado?

— Pensamos em alguma mansão. Os dois endereços IP mais acessados são fora do plano piloto e um fica em Ceilândia. Ele está verificando que propriedades estão relacionadas com a Red Moon nestes locais.

O comandante estava impressionado. Sua equipe local obteve todas aquelas informações sem treinamento completo de espionagem e sem ajuda das outras bases. Pura dedução lógica. Era algo digno de pôr no relatório. E desativar três locais em dois dias devia dar direito a algum prêmio.

Cora e George chegaram.

— Vocês dois, dividam todos os agentes disponíveis e montem duas EBAs. Vamos trabalhar por atacado. Temos mais dois alvos em Brasília. Cora, leve Claudius para a segunda casa. George, você comanda a segunda EBA, pegue o depósito. Kyu, explique a eles e me faça um relatório por escrito. Vão agora, tenho que notificar Genebra...

Os três saíram da sala tentando digerir aquelas ordens. George e Cora estavam para interrogar Kyu quando encontraram Claudius, voltando do refeitório e já se dirigindo para o vestiário. Foi ele quem perguntou, sério:

— E então, qual de vocês vai me levar para o novo passeio?

Cora e George trocaram olhares. Estava claro que Claudius sabia mais coisas do que eles, o que era uma inversão de papéis. Cora respondeu, meio ríspida:

— Você vai comigo para a segunda casa. Sabe do que se trata?

Claudius não escondia que estava tenso, muito preocupado com alguma coisa. Sua resposta foi incisiva, no melhor estilo Kyu:

— Kyu te explica. George, posso te acompanhar? Queria conversar uma coisa, antes de sairmos...

Cora não entendeu. O que está havendo? Claudius nunca agiu assim. Nunca a ignorou, mesmo quando ainda nem a conhecia, quatro dias antes.

Decidiu não discutir naquele momento. Tinha coisas mais urgentes para fazer, como encontrar os agentes disponíveis, montar uma EBA, solicitar transporte e outras tarefas de rotina... Seguiu para a sala de Operações muito irritada, enquanto George e Claudius seguiam para o vestiário.

George estava intrigado, mas deixou que Claudius começasse a conversa, assim que saíram fora da vista de Cora:

— Alguém já te contou o que descobrimos?

— Ainda não, só que vamos em duas EBAs para dois alvos distintos em Brasília: outra casa e um depósito.

— Isso mesmo: é outra casa como a de Sophie, mas deve ser mais sofisticada, para atender os figurões, e o outro alvo pode ser um depósito de humanos. É possível que Alana esteja em qualquer um deles. Não sei quais são as ordens que vocês têm a respeito dela, parece que Cora evita o assunto.

— O que está querendo dizer?

— Tenho um pedido de amigo, se é que já podemos nos considerar amigos. Se a sua equipe a encontrar antes de mim, por favor, não a matem.

— Você mesmo disse que ela é humana. Só matamos vampiros...

— Sei disso, mas já faz quatro dias que eles a levaram. Mesmo que ela esteja transformada, por favor, não a matem....

George não soube o que responder. Ele via desespero e sinceridade nos olhos que o fitavam.

19 — Mansões e fazendas

Cora devia estar radiante por comandar a segunda EBA em apenas dois dias, mas não conseguia esconder sua irritação. Ela jamais foi ignorada da forma como Claudius fez. Quem ele pensa que é para tratá-la assim? Se não estivesse tão ocupada, já o estaria procurando para tirar satisfações.

Mas não pode se distrair da missão. Desta vez o Comandante Apolônio delegou até a formação das EBAs, coisa inédita. Em todas as outras vezes, sempre foi ele quem escolheu os agentes, quem solicitou transporte e definiu o plano de ataque. O agente no comando da EBA só assume quando já estão na rua, embora tenha autonomia para alterar todos os planos, inclusive mudar de alvo ou abortar a missão, se as chances de sucesso forem mínimas. Tudo depende do que forem encontrando pela frente.

Agora é sua oportunidade de mostrar serviço. Até onde sabia, nunca duas missões foram executadas ao mesmo tempo, pela mesma base. Talvez por isso o comandante delegou todo o trabalho. Ainda bem que o outro comando foi para George, um dos seus companheiros desde Tel Aviv. A convivência entre eles sempre foi fácil. Ambos sabiam que podiam tomar decisões pelos dois que não haveria antagonismo.

Seria diferente se um dos comandos tivesse ido para Claudius. Não tinha como saber como ele reagiria ás decisões dela. Podia não concordar com a divisão dos agentes, podia atrapalhar a definição dos planos de ataque, podia ter ideias totalmente diferentes daquelas com as quais todos tinham sido treinados... Mas o que ela estava pensando? Claudius nem sequer é um agente, está com eles apenas como um consultor convidado. Nunca receberia um comando. Sua irritação a estava fazendo perder o foco.

Voltando à missão, havia nove agentes de campo disponíveis, incluindo ela e George. Mais o "marido da vampira". Dois grupos de cinco componentes cada. O pessoal da Operação minutos antes solicitou transporte para dez soldados, e um micro-ônibus já está a caminho. Um helicóptero com capacidade para doze passageiros os levará até Cumbica, onde outro avião da FAB vai transportá-los para Brasília. Lá, dois outros veículos os conduzirão até os alvos. Enquanto viajarem, Daniel vai finalizar os endereços. Já sabem que uma equipe vai procurar a mansão, provavelmente no Lago Sul, enquanto a outra vai para a Cidade Satélite de Ceilândia, na zona rural de Brasília.

Tudo preparado, só falta vestir os trajes de combate e ganhar a estrada.

Quando viu que todos estavam prontos, ela deu a ordem para partirem. Mal chegou à garagem e viu que Claudius foi o primeiro a chegar, antes de todos, já vestido com a armadura e com os equipamentos dele. "Que exibido!". Saíram todos para a rua para embarcar no micro-ônibus, que não coube na garagem. Qualquer um notava que o clima estava tenso, até os agentes evitavam conversar.

Foi a mesma coisa no helicóptero. Claudius se sentou calado em um dos cantos e ela no canto oposto. Alguns agentes da equipe de George conversavam em voz baixa, só para passar o tempo. Depois da baldeação para o avião, em Cumbica, o mesmo C-97 Brasília que os trouxe de volta na tarde anterior, ela decidiu fazer alguma coisa: foi conversar com George, pois aquele clima estava insuportável.

— George, o que está acontecendo? Parece que estamos indo para um velório.

— É Claudius. Ele acha que temos ordens para matar a refém.

— Mas só matamos vampiros!

— Ele sabe disso, mas teme que ela tenha sido transformada. Se você a encontrar, ele vai te enfrentar para defender a esposa. Se eu a encontrar, ele me pediu para poupá-la.

— Então, a única preocupação dele é a mulher?

Cora perguntou com um misto de admiração e frustração, sem saber por quê...

— Sim, ele deve estar muito confuso sem saber se terá que lutar contra nós. Pessoalmente, prefiro tê-lo do nosso lado do que como adversário...

— George, posso dar uma ordem por nós dois?

— Claro, Cora, se for para o bem da missão...

Era mandatório melhorar aquele clima, já que todos dependiam de cada um para voltarem vivos. Cora se levantou no meio do corredor do avião, para chamar a atenção de todos. No espaço pequeno, sua estatura ajudava.

— Pessoal, já estamos fora da base, eu e George podemos assumir o comando total desta missão. Tomamos uma decisão em conjunto: nosso foco prioritário é resgatar uma refém. Temos informações de que ela é humana e que não deve opor resistência. Mas pode ter sido transformada. Se for o caso, a ordem de agora em diante é resgatá-la VIVA. Se ela nos atacar, procurem ganhar tempo e chamem o Agente Claudius para contê-la. Nossos rádios estão sincronizados. Alguma pergunta?

Todos os agentes trocaram olhares, mas não disseram nada. Estava tudo muito claro. Claudius é o marido da vampira e saberia o que fazer. Cora pensou ter visto uma expressão de alívio no rosto dele.

Afinal, ele não tinha nada pessoal contra ela. Já não parecia tão exibido.

Voltou a se lembrar da expressão de sofrimento dele na Casa de Sophie. Sentiu uma ponta de inveja: se fosse ela que tivesse sido sequestrada, queria ter alguém tão preocupado assim com seu resgate.

Eram cerca de quatorze horas quando pousaram em Brasília. Receberam os endereços mais prováveis para seguir, conforme o levantamento dos computadores. Cora seguiria para o Setor de Mansões Park Way que fica a vinte minutos do aeroporto. Não era no lago sul. George seguiria até uma fazenda distante mais vinte minutos depois do SMPW.   Para chamar menos a atenção, receberam duas viaturas da Polícia Florestal. Combinaram que os ataques seriam simultâneos, exatamente ás quinze horas. Teriam entre vinte e trinta minutos para se posicionar e confirmar os alvos.

Antes de se porem a caminho, vestidos com roupas de guardas florestais por cima das armaduras, Claudius perguntou a George:

— Temos algum GPS manual para localizar as Jedi?

— No que está pensando?

— A distância entre os dois locais é vinte quilômetros. De carro, levaria algum tempo para sair de um e chegar no outro. Correndo a pé posso chegar muito mais rápido, mas preciso me localizar...

— Entendo, mas não temos um equipamento assim. Me lembre de pedir para Kyu desenvolver um, depois de voltarmos...

Cora estava perto e ouviu a conversa. Ela interrompeu:

— Vamos fazer assim: temos helicópteros na cidade equipados com o localizador. Vamos deixar um de sobreaviso. Se for preciso, o piloto virá te buscar e levar para o segundo alvo, levará poucos minutos. George, se precisar, acione o piloto por rádio e use sua espada para que ele te localize, mas só quando ouvir o barulho das hélices. Pode fazer isso?

— Deixem comigo. Sou especialista em sobrevivência...

Claudius completou:

— Avise o piloto que não precisa pousar para me pegar. É só fazer um voo rasante que subo a bordo com um salto, mesmo que esteja há quinze metros. Saberei evitar as hélices.

Era impressionante como as ideias iam surgindo. Cora se surpreendia como nada daquilo estava no treinamento. Claro, nunca tiveram ninguém com aquela capacidade. Se continuasse em mais algumas missões com Claudius, com certeza as ideias dele a ajudariam a se tornar uma comandante de base. Teria que agradecê-lo quando estas missões terminassem.... Se sobrevivessem.

As mansões do bairro Park Way são grandes construções cercadas por muros e isoladas da estrada. A propriedade registrada em nome da Red Moon parece um condomínio fechado, toda cercada por um muro alto, onde o acesso é feito por um portão grande e alto, ao lado de uma guarita protegida por vidros escuros. Não é possível ver nada da construção interna. Ao lado da guarita, tem uma placa acrílica de um metro por dois, fixada no muro com os dizeres: "Clube Luar do Cerrado, acesso restrito aos associados."

Passaram com a viatura pela frente do portão, devagar e sem parar. Mesmo usando os óculos especiais não havia como identificar se aquele lugar era realmente a Casa de Katsumí, embora a placa fosse sugestiva. Cora estava pensando em como confirmar o alvo, quando Claudius a interrompeu:

— Cora, como vocês controlam os humanos? Não tive tempo de ver ontem...

— Desculpe, esqueci de te falar. Usamos dardos tranquilizantes para alvos isolados ou bombas de gás para grupos. Estão sempre nas viaturas que usamos, são equipamentos de apoio.

— Posso levar uma pistola de dardos? Acho que posso abrir aquele portão, pulando o muro pela lateral e correndo até a guarita. Não deve ter nenhum vampiro na guarita com este sol que faz por aqui, mas terei que neutralizar algum guarda humano...

Outra boa ideia, Cora sorriu.

— Pode levar, mas não se arrisque. Não temos como confirmar o alvo daqui de fora, mas lá dentro será diferente. E outra coisa, não faça tudo sozinho como ontem, deixe alguns para nós...

Os relógios indicavam ter mais dez minutos antes do ataque começar, mas Claudius não podia esperar. Assim que recebeu a pistola de dardos, já estava pulando o muro da mansão vizinha antes dos agentes tirarem os capacetes das bolsas.

Desta vez teve tempo de folga para colocar o capacete.

20 — Sol e luar no cerrado

Fazia tantos anos que Katsumí não trabalhava tanto, sem parar, que ela nem se lembrava mais. Estava ativa desde a meia noite, quando haviam terminado a reunião. A principal decisão tomada foi que o mestre e Sophie voltariam para Paris, até que a nova casa da novata fosse montada, o que é claro ficaria a cargo do Diretor Donatello.

Na prática significa que Sophie está de férias, e vai gozá-las na mansão do mestre. Maldita! Só porque é a preferida pode perder uma casa e sair em férias, enquanto ela, uma veterana, tem que trabalhar dobrado. Lembra a época em que todas as noivas eram cativas, vivendo como prisioneiras no palácio do mestre. Sempre foi ela quem ficava com a maior parte do trabalho pesado, talvez por ser a mais velha.

Naquela época o general tentava consolá-la justificando que ela era de confiança do mestre, mas agora nem ele tentava ajudar. Foi outro que partiu antes do sol raiar, levando a hóspede que trouxe no domingo. Não lhe deu a menor atenção, como se todas as vezes que estiveram juntos nunca tivessem existido. Ela precisava se aninhar em braços gentis, queria repetir aquelas doses como antigamente, agora que o mestre estava de partida. O grande general nem sequer disse para onde estava indo, apenas que o ataque dos Caçadores mudou tudo.

Ela sabia que isto não é completamente a verdade. O que mudou tudo foi Alana ter ressuscitado. Todos estavam muito bem enquanto a consideravam comida de lobisomens.

Foi só descobrirem que está viva para que o mestre e depois o general viessem ao Brasil; quando foi capturada chamou a atenção dos Caçadores; depois Sophie perdeu uma casa e saiu de férias, e agora ela estava afogada de trabalho. A culpada de tudo é Alana. Não conseguia entender por que o mestre se importa tanto com aquela antiga ex noiva. E ao que parece, Noboiushi também está agindo estranhamente. Nem ele e nem o mestre disseram o que planejam fazer com a ressuscitada. Se pudesse opinar, recomendaria devolução aos lobisomens.

Ficou surpresa quando a reconheceu, logo que chegou carregada nos braços do próprio general. Mais surpreendente ainda foi constatar que ela cheira como humana. Nem o general conseguiu explicar aquilo. E não é só o cheiro. Ela foi capturada andando em pleno dia, embora seu corpo continuasse tentando expulsar as agulhas. Aquilo deve ser consequência da convivência com lobisomens.

Agora só falta aguardar a chegada de Donatello. Em poucos dias ele virá para encontrar um novo local e reconstruir a Casa de Sophie. Como a maioria das noivas, ela também não gosta do Diretor Financeiro. Parece que ele se insinua com todas, quando está longe do mestre. E todas sabem das extravagantes preferências sexuais dele, bastante claras nas encomendas que faz. Vai precisar inventar um jeito para que ele não se hospede em sua casa, que vá para um hotel. Aquele diretor não é como o grande general, um verdadeiro samurai, discreto e atencioso, veterano com mulheres, sejam vampiras ou humanas. Possuidor de braços gentis, entre outros atributos.

Donatello significa mais trabalho. Como se já não bastasse ter que verificar as fichas de todos os clientes de Sophie que eram de interesse da Red Moon. Os mais influentes já eram seus clientes, mas havia uma grande parte do segundo escalão que podia ser útil, principalmente agora com o projeto das penitenciárias em fase final. Ela tinha que identificar cada um que fosse importante, enviar um convite para o indivíduo vir visitar sua casa, e escalar alguma garota para continuar com o plano, seja qual fosse. A sobrevivência dos vampiros depende da sobrevivência da Red Moon, é o que os diretores sempre dizem.

Katsumí permaneceu toda a madrugada e a manhã inteira analisando fichas no gabinete dela, uma ampla sala no subsolo, no lado oposto ao das piscinas subterrâneas, que nem percebeu o dia passar. Não precisava sair para almoçar, pois tinha bolsas de sangue O+ em seu frigobar, caso já não estivesse muito bem alimentada. Sua concentração só foi interrompida exatamente ás quinze horas, quando uma janelinha assustada acendeu e começou a tilintar em seu computador. Aviso de perigo: era o alarme de invasão do perímetro externo.

Aquele alarme indica que o portão externo foi aberto diretamente pela guarita, sem envolvimento dos seguranças internos. Mais uma das boas ideias do Noboiushi. De sua mesa, redirecionou as câmeras externas para ver quem foi o idiota que fez a burrada. Viu uma viatura da Polícia Florestal avançando rapidamente até o pátio interno, se dirigindo para a recepção. Terça feira não é dia dos florestais, para eles está reservada a quinta. E não usam viaturas, eles vêm em carros comuns, à paisana. Quando uma arma com silenciador foi disparada de dentro da viatura e neutralizou a câmera, teve a confirmação de que estavam sob ataque.

Imediatamente disparou o alarme silencioso de emergência. Mas alguma coisa estranha aconteceu. Sem a Casa de Sophie para responder ao alerta, o próximo contato deveria ser com a Despensa. Mas estranhamente o aviso de emergência parece que saiu ao contrário: foi a Despensa que apareceu na tela como se estivesse sendo atacada. Uma segunda janelinha nervosa. O protocolo de emergência chavearia automaticamente em poucos minutos para o próximo contato, a Casa de Washington. Os computadores já deviam estar transmitindo imagens, as últimas antes de se desativarem. Como a Diretora, quis conferir antes de seguir seu próprio roteiro: antes de correr para o estacionamento e fugir em sua Range Rover negra protegida do sol.

Interceptou as imagens das câmeras para observar a recepção. Viu quatro pessoas usando estranhas armaduras negras correndo para dentro, armadas de espadas. Mas as câmeras também foram neutralizadas por baixo, por alguém que já deveria estar dentro. Impossível, não houve tempo para que nenhum invasor entrasse.

Mudou para as câmeras dos corredores internos. Estas também apagaram na mesma velocidade em que foram acionadas. Como se um vampiro as estivesse desligando.

Sentiu o pavor. Se tinha um vampiro com os Caçadores, ela estava em perigo. Hora de fugir.

Tarde demais. Assim que abriu a porta da sala, foi empurrada de volta para dentro, por outro sujeito de armadura, baixo e ligeiramente acima do peso, apontando uma estranha espada para o pescoço dela.

Uma voz metálica saiu do capacete:

— Você é a diretora?

Katsumí é uma veterana forte e rápida, nenhum humano pode intimidá-la, nem mesmo um Caçador. Tentou se desviar da espada usando velocidade, para contornar o sujeito e ganhar o corredor, mas foi surpreendida de novo. O sujeito parecia esperar por isto: bloqueou o caminho dela e ainda a derrubou com um forte e doloroso soco no rosto. Não é possível, nenhum humano tem velocidade para fazer isso.... Nem força para derrubá-la.

O sujeito tirou o capacete. Tinha cabelos grisalhos e olhos castanhos raivosos. Ainda apontava a espada para a garganta dela. Falou calmamente:

— Onde está Alana? Fale e talvez eu a deixe viver...

— Quem é você? Não sabe que é indelicado bater numa dama, mesmo numa vampira?

— Isso não me importa! Onde está Alana?

— Mesmo que eu soubesse, não há ninguém que me obrigue a falar...

Dois outros Caçadores chegaram correndo. A que vinha na frente vestia uma armadura obviamente feminina e foi quem falou primeiro, outra voz metálica:

— A encontrou? Ela está aqui?

O bruto sem capacete respondeu, depois se dirigiu ao terceiro Caçador:

— Esteve, tem outra sala hospitalar no fundo do corredor. Você, me traga algumas das correntes que foram abandonadas lá...

— Em que está pensando? — A armadura feminina indagou na mesma voz de robô.

— Se esta aqui é a Diretora Katsumí como está escrito na porta, ela sabe para onde Alana foi levada e vai me dizer, por bem ou por mal....

Katsumí não estava gostando nada daquilo. Se fosse feita prisioneira haveria uma possibilidade muito remota do mestre mandar alguém resgatá-la, e aquele grupo não parecia uma equipe de captura. Aquela viatura não se parecia em nada com um veículo de contenção. Sua melhor chance era escapar imediatamente.

Se levantou o mais rápido que pode e tentou fugir da sala passando por trás da garota, mas o sujeito se moveu ainda mais rápido, fechou o caminho dela novamente e a derrubou com outro soco.

— Aiiiii... Isso dói...

— Nos diga para onde levaram Alana e terminamos logo com isto.

— Não digo nada. Vocês não podem me obrigar.

A voz de robô da garota interveio:

— Ouça vampira. Esta é uma missão de resgate, só queremos Alana, não você. Diga onde ela está e vamos embora.

— Não sei dela. O general a levou de madrugada e não me disse para onde foram.

O bruto se irritou no exato momento em que o terceiro soldado voltou com as correntes.

— Está mentindo. Quero a verdade.... Sente-se naquela cadeira!

Apontou para a cadeira de diretoria dela, com braços, rodinhas e encosto alto. Pelo menos era confortável. Assim que sentou, porém, o mal-humorado começou a prendê-la e imobilizá-la com as correntes. Quando terminou, disse o que realmente a deixou apavorada:

— Sua última oportunidade: fale ou vamos lá para fora, onde está um sol de quase quarenta graus.

— Vocês não podem fazer isso. O sol vai me deixar feia, o mestre não vai me querer mais... Garota, fale para ele, não o deixe fazer isto...

Cora não sabia o que fazer. Não reconhecia Claudius, nem sabia o que ele pretendia. Assim que entraram na casa, ele foi o primeiro a procurar o subsolo, nem verificou as outras salas. Ela ordenou que dois agentes seguissem o protocolo, procurando pela sala de segurança, pelos outros ocupantes da casa, fossem vampiros ou humanos, e desativando qualquer computador suicida, novo procedimento adotado.

Claudius começou a arrastar a cadeira com a vampira para o corredor, na direção do elevador. O outro agente só observava, também sem saber o que fazer.

Quando chegaram na recepção, Katsumí já estava desesperada, com a claridade e a possibilidade de ser levada para fora. Começou a gritar, tentando espernear:

— Não.... Não façam isso. O mestre nunca mais vai olhar para mim.... Eu tenho dinheiro, dólares, dou tudo para vocês. Tudo mesmo. Faço sexo com todos vocês, mas não me ponham nesse sol desgraçado...

Claudius empurrou a cadeira até a porta e perguntou mais uma vez:

— Para onde Alana foi levada? Sua última chance...

— Eu já disse: ela foi levada pelo general de madrugada. Na ambulância, uma UTI móvel. O mestre e Sophie foram para Paris, mas voaram antes para Buenos Aires... Pode conferir, está no meu computador.... Mas me tire daqui, está muito claro... e muito quente...

— Quero saber o destino de Alana, não do seu mestre, só isso...

E continuou empurrando a cadeira para fora da sala, para os primeiros raios do quente sol da tarde do cerrado brasiliense. A pele de Katsumí reagiu instantaneamente, fumegando e formando bolhas. Seus gritos começaram a ficar histéricos:

— Não sei para onde levaram a maldita... Me tire daqui... O mestre não vai me querer mais... Isto dóóóóóiiiiii...

Claudius a empurrava cada vez mais para fora:

— Para onde levaram Alana?

Katsumí, a vampira veterana com quatrocentos anos de idade não tinha nenhuma resistência ao sol, por ter vivido toda sua vida se escondendo nas sombras. Seu sangue tentou reagir por poucos minutos, sem conseguir hidratar nada. Deu mais alguns gritos e se calou, ainda com a pele fumegando e as bolhas estourando.

Claudius ainda demorou quase um minuto para se dar conta de que ela estava morta.

Cora tentava se posicionar naquela situação totalmente sem controle, quando o rádio chamou. George comunicou o resultado da segunda EBA: não encontraram a refém, neutralizaram oito alvos e só tiveram uma baixa. Um agente. Havia mais de quarenta humanos cativos.

Parte 5 — O centro do mundo

21 — Meia alma

O relatório original é muito preocupante, diferente do texto modificado por Apolônio, destacando o sucesso da missão e com tudo correndo às mil maravilhas. Como se ele ignorasse que o Comandante Geral tem acesso a todos os arquivos gravados no sistema, inclusive os rascunhos feitos pelos agentes de campo. E os registros feitos por Cora indicam que as coisas não estão seguindo tão bem assim.

Por sorte ela tem um cérebro na cabeça. Aquela decisão de última hora de reforçar uma missão de resgate, ordenando que a refém fosse mantida viva, foi a melhor coisa que podia ter feito. Sem esta ordem os acontecimentos podiam ter sido muito diferentes. Talvez não fosse apenas uma única baixa, coisa triste, mas corriqueira.

Ainda bem que foi Cora quem comandou a missão.

O fez se lembrar de que a safra dos formandos de 2005 foi uma das melhores de todos os tempos. Steve, Cora, George, Ricardo, Irina, Kuato, todos continuam se destacando a cada dia que passa. Faz algum tempo que não via relatórios de Joan, Londres está passando por uma fase de calmaria. Cora e Irina se revelavam líderes natas, uma atuando no Brasil e a outra no Japão, meio mundo entre elas, e as duas tomam decisões certas no momento certo, e são seguidas e respeitadas pelas suas respectivas equipes.

Ocupando o posto de Comandante Geral, uma de suas preocupações atuais é observar possíveis candidatos para a sucessão dele. Tinha plena consciência de que Joseph Espério não é imortal e que em algum momento os Caçadores precisarão eleger um novo Comandante Geral.

Seus atuais comandantes são eficientes, mas não tem um perfil completo. Kawasaki é muito metódico, não teria o jogo de cintura necessário e já pensava em se aposentar. Blacksword e Apolônio são soldados completos, excelentes para uma guerra. Mas em tempos de paz seriam eles a provocar a guerra, só para ter o que fazer. Em todas as outras bases havia casos semelhantes, pessoas excelentes no que faziam, mas sem a visão do todo. Alice é diferente, mas mesmo dez anos antes, foi complicado nomear uma mulher, contra o preconceito da maioria dos demais comandantes. Se o preconceito não fosse uma dificuldade, já teria iniciado o treinamento de Cora e Irina, para bases locais. Ainda são muito jovens, mas com o passar dos anos elas poderiam se tornar as melhores comandantes de todos os tempos, da mesma forma como estavam se transformando em excelentes agentes.

Da geração mais jovem, ainda sobra Steve em observação. Ele tem potencial, mas precisa ser melhor avaliado. Ainda não viveu uma real situação de pressão. É mais um ingrediente para a decisão que precisará tomar.

E a última semana acrescentou um tempero especial nesta sopa: Claudius, o marido da vampira.

É impossível não perceber a revolução que ele provocou em poucos dias: alterou o método de treinamento, dizimou inimigos como se estivesse brincando, conquistou amigos entre agentes treinados que odeiam vampiros, provocou mudanças em protocolos que eram usados a dezenas de anos e trouxe várias novas ideias. Não podia ignorar o que aconteceria com os Caçadores se ele permanecesse no grupo por mais alguns anos. Poderia até mesmo quebrar preconceitos seculares enraizados. Isto, é claro, se conseguisse sobreviver por mais de um mês...

Este é o ponto chave e preocupante revelado pelos relatórios de Cora: Claudius parecia estar se deteriorando.

Se o que ele disse for verdade, que havia doado a alma para salvar a vampira, e que recebeu metade de volta, significa que só tem metade. E pelo jeito nenhum humano pode viver com apenas meia alma. Em algum momento, deixa de ser humano, volta para o estado de brutalidade de um animal. Cora não registrou com estas palavras, mas já estava começando a perceber a mudança. Apolônio não tem sensibilidade para ler as entrelinhas, está obcecado pela destruição feita e a que ainda pode fazer.

Ninguém pode dizer quanto tempo ainda resta, até que a deterioração de Claudius se complete. E nem podem prever o que acontece depois. É possível que ele simplesmente enlouqueça, matando qualquer um que encontre em sua frente, vampiro ou não. Pode até mesmo se virar contra os Caçadores.

Talvez este quadro seja reversível. Há poucos dias, Claudius chegou calmo e cooperativo, ansioso por ajudar, como um amigo. Seu ânimo estava piorando com o tempo, pelo jeito, devido a estar separado da esposa. Pode ser que juntando as duas metades da alma, tudo volte ao normal.

Isto cria uma nova possibilidade: a mulher também estaria se deteriorando? Nas casas neutralizadas os agentes encontraram soro, anestésicos e correntes, o que indica que ela está sendo mantida sedada e imobilizada. Talvez por ela também já ter se tornado violenta. Portanto os vampiros sabiam do risco a que estão expostos, a mantendo cativa. É preciso descobrir rápido o que mais eles sabem. E o que planejam.

Sua experiência no comando diz que para se manter na luta é necessário pensar como se fosse o inimigo. Se ele comandasse os vampiros, seu plano seria óbvio: sabendo das almas divididas, tentaria obter a segunda metade, para ter controle sobre as duas. Bastava ameaçar um deles que o outro faria qualquer coisa.

Dedução lógica: Claudius pode estar em perigo. Afoito e desesperado como é, a qualquer momento pode se lançar direto numa armadilha e ser capturado pelos vampiros. Eles ao mesmo tempo tirariam a melhor arma dos Caçadores, como ainda poderiam contra-atacar com duas armas igualmente poderosas.

Já tinha duas ordens urgentes para expedir:

Uma, Alana precisa ser encontrada e resgatada o mais rápido possível, porém VIVA a qualquer custo.

Segunda, Claudius precisa ser vigiado permanentemente, para que não enlouqueça e para que não seja capturado.

Concentrar todos os esforços nesta crise é uma necessidade. Significa o futuro da humanidade.

A Red Moon e Blacksword podem esperar, é preciso ter Steve ajudando a localizar Alana. Sob o comando de alguém que tenha visão: Alice.

Portanto todos, incluindo o Comandante Geral, devem ser convocados para onde seus trabalhos renderão mais: nos próximos dias, Paris será o centro do mundo.

Sorriu com esta possibilidade: trabalhar junto com os melhores agentes e ao lado da sua mais do que amiga e protegida, a linda Comandante Alice Loren. Não via a hora de chegar a Paris, seguir para seu apartamento no Champs Elisés, preparar alguma comida especial e convidá-la para discutirem as próximas estratégias, durante um jantar íntimo.

22 — Prejuízos

— Seu idiota, como deixou isto acontecer?

Mesmo falando pelo rádio, a voz do mestre é de meter medo quando ele está irritado. Donatello nunca gostou deste tom de voz. Não tinha culpa de nada, mas no momento era o único que podia dar as péssimas notícias:

— Mestre, não pude fazer nada. Nem sabia o que estava acontecendo...

— Mas deveria saber, para isso você é um dos diretores. Como está a situação?

— Acabei de falar com a Casa de Washington. Shizuka só sabe que a Casa e a despensa foram atacadas ao mesmo tempo. Ela pensou que fosse defeito do sistema já que isso nunca aconteceu antes.

— E o que mais?

Donatello sentia que o mestre estava tenso, dentro do jato que o estava trazendo para Paris, acompanhado por Sophie. Resolveu dar todas as notícias enquanto ele estava longe, pois de perto seria muito perigoso:

— Sabemos que os caçadores tiveram uma baixa... Nossa equipe de remoção foi chamada para recolher todos os corpos, o deles e os nossos. Nenhum vampiro escapou da despensa, só seis seguranças conseguiram fugir da casa, nenhuma das garotas...

— Como assim, nenhuma escapou? Onde está Katsumí?

Essa era a pior parte. Tremia ao contar:

— Uma das coletoras conhecia a diretora pessoalmente. Estava no necrotério quando os corpos chegaram. Maria reconheceu as roupas num corpo carbonizado, deixado sob o sol...

— Malditos! Se aqueles caçadores torraram minha noiva, eles vão me pagar!

Agora o mestre não se mostrava só irritado, ficou possesso. Para sorte do diretor, ele estava a muitos quilômetros de altura, no meio do Oceano Atlântico.

— Parece que ela foi interrogada, mestre. Foi encontrada acorrentada numa cadeira. Não sei o que pode ter contado, antes de morrer...

— Então perdemos Katsumí, as duas casas e a despensa no Brasil. Mande Shizuka enviar uma equipe imediatamente para organizar as coisas. Use nossas outras empresas como base, principalmente a de remoção, que chama menos a atenção. Noboiushi está voando neste momento. Encontre-o e mande-o me contatar. Vamos ter muito trabalho assim que eu chegar aí.

E desligou. Com a sua frieza habitual. Mais uma vez, o mestre não lhe contava o que estava acontecendo. Preferia falar com o incompetente Diretor de Operações, o responsável pela Segurança que perdeu duas casas, uma despensa e uma noiva, tudo na mesma semana. Que droga de segurança falha é essa?

E pior, nem está em seu posto para organizar as coisas. Também está viajando, como se estivesse em férias. Já o tinha irritado na noite anterior, quando requisitou os dois aviões novos de uma vez só, como se fosse uma emergência. Só porque chefiava a Divisão de Transportes. O jato executivo do mestre nem estava pronto para entrar em operações: falta os equipamentos de comunicação de longa distância, para que o mestre comande seu império enquanto voa. Um rádio de ondas curtas não é suficiente, embora servisse como um telefone improvisado. Todos concordavam que o mestre devia ter o controle de tudo, enquanto visitava suas noivas pelos quatro cantos do mundo. Diminuiria a responsabilidade dos diretores.

O segundo avião estava pior ainda. Deveria ser a UTI mais moderna do mundo, para transportar apenas os pacientes que pudessem pagar fortunas para terem o conforto de um hotel cinco estrelas, num quarto de hospital voador. Mas ainda não estava com todos os equipamentos e nem com a decoração adequada. E mesmo assim Noboiushi o requisitou, apenas com equipamento básico de suporte a vida e equipamento de contenção.

Imagine. É um crime levar correntes e tantos anestésicos naquela obra prima que foi tão bem planejada, pessoalmente. Não conseguia imaginar quem o general pretendia acorrentar naquela nave. Tirando o mestre, as noivas e alguns poucos generais, nenhum vampiro teria dinheiro para contratar aquele avião, muito menos poderia viajar de graça, mesmo acorrentado. Não havia ninguém no Brasil que justificasse o pedido do general, já que Sophie estava com o mestre no jato executivo e Katsumí estava morta.

Por um momento chegou a pensar que Noboiushi desenvolveu o gosto por correntes, e que poderia usá-las nele mesmo, na intimidade de uma UTI aérea. Mas logo descartou a ideia, não combinava com o general. Devia ser outra coisa.

Também o irritava saber do atraso no cronograma para começar a usar aquele avião comercialmente.

Já existiam contratos agendados para sua moderníssima UTI, até mesmo no Brasil. A esposa de um figurão de Brasília fez reservas para enviar seu cachorrinho de estimação para o veterinário em João Pessoa. Outro político queria o avião para que a sogra pudesse visitar um cabeleireiro no Rio, uma vez por semana. Todos aceitavam pagar o valor cobrado, desde que fosse mantido o anonimato proporcionado por uma viagem numa aeronave médica, dispensada de check ins e alfandegas. Katsumí tinha outros negócios em andamento, como um contrato para transporte mensal de órgãos para transplante, sempre no mesmo dia do mês. Ninguém questionou como uma entrega destas poderia ser mensal, mas Donatello viu uma oportunidade de aumentar o lucro. Não importava se o órgão ainda estivesse dentro de algum doador vivo. Pena que Katsumí morreu, teria que providenciar outra noiva logo, para continuar a negociação.

É irritante não saber o que está acontecendo, com o mestre e Noboiushi no Brasil, na mesma semana em que os Caçadores faziam todo aquele estrago. É óbvio que os dois sabem de alguma coisa e o deixavam de fora propositadamente. Talvez fosse para protegê-lo. Conhecia o argumento e o repetia sempre: ninguém pode ser acusado pelo que não sabe. O segredo sempre fez parte dos princípios da Red Moon.

Mas sendo o Diretor Financeiro considerava uma obrigação ter sido avisado, com antecedência, do risco de perder as duas casas mais lucrativas. O lucro cessante é monstruoso, fora o valor das despesas para reconstruir tudo. Embora isto não represente nenhum problema. Se faltar dinheiro em caixa, é só mandar uma equipe de convencimento visitar alguns diretores de bancos e choveria dinheiro rapidamente. Essa abordagem já foi testada algumas vezes, nos últimos cinquenta anos.

O importante agora é manter a cabeça no lugar, literalmente. Se o mestre e o outro diretor têm segredos, também pode ter alguns.

Sem falar de Annette, que nos últimos dias, esteve mais tempo na mansão dele do que na Casa dela.

Precisa se concentrar nos planos para corrigir os problemas atuais. Foi um erro manter as duas casas na mesma cidade. Brasília precisa de uma casa para atender o primeiro escalão, mas a segunda casa pode ficar mais distante. Por exemplo, no Rio de Janeiro. Seria mais fácil de montar e sairia mais barato. Mas não pode escolher o local sozinho, pois a Casa será administrada por uma das noivas. A lógica diz que precisa levar uma delas como assessora: Annette. E precisariam de tempo para encontrar um local adequado, ensolarado para os clientes e escuro para os proprietários. Pelo menos um mês.

Por pouco não se esqueceu de localizar Noboiushi, pensando na maravilha que seria ficar trinta dias inteirinhos, sozinho com Annette, num local recheado de mulatas. Quase podia agradecer aos Caçadores por aquela oportunidade.

23 — Mudança de foco

— Mas Comandante, ainda não terminei a investigação aqui...

— Sei disso, mas não posso ignorar uma ordem direta. Espério foi categórico: ele quer você em Paris, deve pegar o primeiro avião.

Não era para a França que Steve queria ir, era para o Brasil. Mas ainda não tinha encontrado uma justificativa.

Estava saindo para o almoço quando Blacksword o chamou para uma conversa na sala dele. Esta conversa que estavam tendo agora.

— E como ficamos com nossa investigação? Ainda temos que neutralizar Shogun e saber que parte da Red Moon é legal e qual não é. Não costurei todas as pontas ainda...

— Olha, Espério acha que tudo se concentra em Paris. A Base São Paulo descobriu que Shogun fugiu para lá, e levou junto a vampira que eles estão caçando. Ele também convocou todos os agentes do Brasil para lá...

— Todos os agentes do Brasil estão a caminho da França?

Blacksword não tinha sensibilidade para perceber o brilho que se acendeu nos olhos do Agente Steve.

— Todos os que estão envolvidos com o caso da vampira. Acho que Espério enlouqueceu. Depois de contratar o tal marido, ele está tolerando todo tipo de insubordinação. Até deixou uma agente fazer um interrogatório numa missão de campo...

— Como assim? Que agente?

— Está no relatório de Apolônio desta manhã. Você a conhece, foi da sua turma: a Agente Cora. Estava comandando uma TSS (Team of Search and Seizure = Equipe de Busca e Apreensão) para desativar um covil, quando resolveu interrogar uma vampira por conta própria. Foi assim que souberam que Shogun fugiu para a França. Mesmo no comando da missão, ela não podia fazer isto. Eu a teria punido pela insubordinação...

— Quem era a vampira?

— Parece que uma tão velha que só durou poucos minutos. Estão mandando amostras dela para Londres, para determinar a idade. Se fosse interrogada decentemente poderia nos dar muitas informações valiosas...

— Como o senhor disse, a Agente Cora foi da minha turma. Eu a conheço bem. Isto não parece iniciativa dela, acho que foi influenciada. O marido da vampira estava na TSS?

— Sim, soube que os dois formam uma dupla inseparável. Ela o está protegendo. Soube que foi dela a ordem para resgatarem a vampira viva e Espério repetiu a ordem para todas as bases faz uma hora. Espério está louco e perdendo o controle, vai deixar os vampiros nos dominarem.... Sua amiga e o papa-vampiras devem estar viajando juntos para Paris neste momento, você vai encontrá-los quando chegar...

Steve sentia um turbilhão de emoções, todas misturadas. Estava apaixonado e com muita saudade. Viajaria para encontrar aquela que não saía do seu pensamento, mas ao mesmo tempo sentia ciúme, apreensão por ela estar desprotegida e sendo influenciada, admiração e medo pelo que ela fizera, temor pelo que ainda poderia acontecer. Precisou invocar todo o autocontrole, adquirido em anos de treinamento e prática, para que o Comandante não percebesse como se sentia.

— Comandante, talvez possamos tirar proveito desta situação. Minhas investigações também apontam para Paris e a equipe brasileira foi a última a estar perto do Shogun. Posso obter mais informações que não estão nos arquivos, falando com eles pessoalmente.

— Imaginei que você diria isto. Já ordenei que providenciem suas passagens para o voo das 11:20PM. Mas não se deixe influenciar, nem mesmo por Espério. Ele também estará lá. Temos que desmontar a Red Moon, o resto se resolverá como consequência.

Steve não sabia o que responder. Só sabia que não queria mais ir para o Brasil. Ainda tinha algumas poucas horas para organizar seu trabalho. O que estava no computador poderia ser acessado quando estivesse na Base Paris. Precisava copiar alguns arquivos para seu Laptop, para analisar no avião durante o voo que já era seu conhecido. Estaria em Paris pouco depois do meio dia.

Mas havia uma coisa mais importante, que justificava qualquer esforço: estava indo ao encontro da mulher amada.

24 — Deduções

A reunião acontecia na mansão de Donatello, por sugestão de Noboiushi. Fazia muito tempo que não havia sete vampiros tão importantes numa mesma sala: os dois Generais diretores, o mestre em pessoa com seus dois guarda-costas, General Nigurin e General Shonen e as duas noivas do mestre, Annette e Sophie juntas, outro fato raro. Parecia uma reunião de executivos de primeiro time, inclusive pelas joias e roupas finas que todos usavam.

Embora Donatello quisesse começar logo um interrogatório para saber o que estava acontecendo, foi o mestre que abriu a reunião:

— Estamos passando por uma fase muito difícil. Nossos inimigos estão mais ousados, mais eficientes e mais poderosos. Perdemos as duas casas e a despensa no Brasil e perdemos Katsumí. Temos que retomar o controle ou perderemos muito mais. Noboiushi, nos conte o que descobriu!

Todos se viraram para o Diretor de Segurança, vestido num elegante terno italiano feito à mão. Em todas as três mansões, a do mestre e as dos dois diretores, e também em todas as Casas das Noivas, havia salas de reuniões como esta, completamente equipadas com recursos multimídia. Na sede da Red Moon tem um completo departamento informatizado. Em breve o jato executivo do mestre teria os mesmos recursos.

Alana Ghosten e o Resgate da Deusa

Noboiushi acionou os controles para diminuir as luzes e ligou o projetor, alimentado por seu laptop pessoal. Uma tela retrátil se expandiu num lado da sala, projetando as primeiras imagens. Começou a falar:

— Estas imagens foram coletadas durante o ataque de ontem, na despensa do Brasil. São semelhantes a outras imagens que temos de ataques dos Caçadores. São muito poucas porque nossas câmeras foram logo desativadas, mas tiveram tempo de nos mostrar nossos inimigos. Quero que atentem para alguns detalhes. Em primeiro lugar, a equipe deles é pequena, mas é letal. Estão vestindo armaduras que resistem aos nossos golpes e armados com espadas mortais. Mesmo com armaduras, eles são ágeis e bem treinados. Também vimos outra novidade: estão usando armas de fogo contra as câmeras. Soubemos pela equipe de remoção que eles tiveram uma baixa neste ataque, portanto existe uma vulnerabilidade.

Todos estavam atentos, mas ainda sem saber aonde o general queria chegar.

— Pelas poucas imagens deduzo que as armaduras contenham equipamentos de eletrônica embarcada. O ponto mais sensível deve ser o capacete. Suponho que fortes golpes contra a cabeça desestabilizem os equipamentos e os deixem vulneráveis. Esta é a primeira mensagem que devemos passar para nossos guerreiros.

Shogun interrompeu.

— Nós sempre seremos mais fortes e sempre vamos vencê-los, não importa como se vistam. O que mais?

Noboiushi mudou para outro arquivo.

— Esta outra gravação foi obtida da Casa de Katsumí.

Foram apenas poucos segundos de imagens coletadas de diferentes câmeras e mostrando... nada.

Agora foi Donatello quem interrompeu:

— Que brincadeira é esta? Não vemos nada aí...

Noboiushi continuou:

— Mas eu vejo muita coisa. Estas foram as imagens que Katsumí viu e que devem tê-la deixado sem ação, permitindo que fosse morta. Ela não teve tempo de reagir. Outra coisa: as câmeras foram desativadas muito depressa e em sequência. Não havia tempo para que os Caçadores fizessem isto, eles foram ajudados por alguém muito veloz.

Um mal-estar circulou pela sala. Donatello fez a pergunta que passava por todas as cabeças:

— Acha que estão sendo ajudados por um vampiro vira-casaca?

— Foi o que pensei inicialmente. Mas não faz sentido: eles exterminam vampiros sem perguntas, nunca aceitariam a ajuda de um dos nossos. Mas vejam estas outras imagens. Foram gravadas na Casa de Sophie, enquanto era acionada a evacuação.

As cenas mostravam o ataque de um homem baixinho e grisalho, usando óculos escuros, um pouco acima do peso, vestindo aquela armadura negra sem capacete e atacando com a velocidade dos vampiros. Sophie assistia aquelas gravações pela primeira vez e estava boquiaberta. Foram feitas enquanto ela corria para o estacionamento. Se o atacante tivesse descido antes de subir para os andares superiores seria ela que estaria morta agora. Sentiu calafrios. Perguntou:

— Mas se aquele sujeito não é um vampiro, é o quê?

— Tem mais. Na semana passada o mestre localizou uma antiga noiva, desaparecida há muito tempo. Nós a recapturamos em São Paulo. Lembram-se de Alana?

Annette entrou na conversa:

— Não é aquela que foi comida por lobisomens, antes de Sophie?

Sophie reagiu imediatamente:

— Eu nunca fui comida por lobisomens!

Ao mesmo tempo sentiu outro calafrio. Sua antecessora de volta sempre seria um perigo.

Shogun interveio:

— Meninas, ouçam!

Noboiushi retomou a palavra:

— Isto era o que pensávamos. Depois dos últimos fatos, mudei de ideia. Alana está confinada numa clínica aqui em Paris, vigiada de perto por alguns batedores meus. Não confio em levá-la para nenhuma outra de nossas casas. Ela esteve na Casa de Sophie e na Casa de Katsumí pouco antes dos Caçadores as destruírem...

Sophie interrompeu de novo:

— Mas aquela menina que vocês me levaram é humana.... Como é possível?

— Ela parece humana, mas resiste aos anestésicos e seu corpo repele as agulhas. Minha teoria é que ela foi usada para experiências dos Caçadores, pelos últimos cem anos. Eles devem ter encontrado um jeito de transferir as forças dela para um híbrido, aquele sujeito que tem características de um vampiro. Como os nazistas queriam fazer.

A confusão se instaurou de vez. Todos falavam ao mesmo tempo, até Shogun se manifestar levantando sua voz ameaçadora:

— Calem-se! Noboiushi, continue!

— Voltando para as imagens que vimos. Sofremos dois ataques simultâneos, mas só um com a participação da aberração. Deduzo que eles só produziram um híbrido. Outra coisa: ele só esteve nas casas para onde levamos Alana. Deve haver alguma ligação entre os dois, alguma coisa do tipo criadora e criatura. Ela o está atraindo de alguma forma.

Era demais para Sophie. Sua antecessora devorada por lobisomens ressuscitou e gerou uma aberração que está matando noivas. Só via uma solução:

— Mestre, vamos acabar com ela. Todos estamos correndo perigo. Me autorize e eu mesma cuido disso.

Shogun pensava diferente:

— Não, precisamos entender melhor como nossos inimigos fizeram isto. Noboiushi deve continuar vigiando-a pessoalmente. Quero que Donatello monitore as atividades nos aeroportos de Paris. Se houver qualquer indício de que os Caçadores estão vindo com o híbrido para cá, Noboiushi vai levá-la para um local que só eu e ele conhecemos. Enquanto isto, eu, Shonen e Nigurin vamos preparar uma emboscada para a aberração. Se ele e Alana têm alguma ligação extra-sensorial, é só uma questão de tempo até estarem aqui.

— E nós, senhor?

Foi Annette quem fez a pergunta.

— Vocês duas ficam aqui com Donatello até tudo estar seguro.

Apesar da tensão na sala, Donatello era o único com intenção de sorrir. Mas deixou para mais tarde, quando estivesse sozinho com as duas maravilhosas e assustadas noivinhas.

Annette o ajudaria a convencer Sophie a vestir um minúsculo biquíni de couro, enquanto os outros estivessem longe cuidando da aberração.

25 — Turista

Perder uma noite inteira dentro de um avião é muito irritante nesta altura dos acontecimentos. Nem o fato de estar viajando para Paris na companhia de Cora conseguiu acalmar Claudius. Se bem que George e Ricardo também estivessem no mesmo voo.

A ordem para a partida deles chegou uma hora depois de retornarem de Brasília. Uma série de problemas aconteceu no mesmo momento.

O primeiro foi a convocação de Cora para explicar porque decidiu capturar e interrogar a vampira, quando tinha ordens explícitas de não fazer prisioneiros. Claudius já estava arrependido por ter colocado seus amigos nesta enrascada, por ter agido sem pensar nas consequências. O interrogatório se revelou inútil e a missão de resgate foi um completo fracasso embora pudesse ser convertido num sucesso, considerando que mais um covil foi desativado. Questão de interpretação.

O segundo problema foi George ter que explicar como teve aquela baixa, a primeira em três EBAs quase perfeitas, manchando o sucesso completo que seria a desativação dos três covis. Apolônio não se conformava com a falha. George já tinha explicado no avião, que foi pane no capacete, depois de ter sido golpeado várias vezes por um dos vampiros seguranças do depósito. Depois dos golpes, o agente Roberval se apavorou e tirou o capacete para poder respirar, ainda na presença dos vampiros e foi decapitado pelo segurança. O próprio George partiu em defesa do companheiro, golpeando o coração do vampiro assassino, mas já era tarde. O corpo de Roberval foi recolhido por uma equipe de apoio, que estava providenciando o translado para São Paulo e todas as outras medidas do protocolo. As baixas sempre eram processadas separadamente dos sobreviventes, para tentar manter a moral em alta. Todos os agentes eram treinados para esta possibilidade.

Outro problema foi a viagem. Não havia voos militares disponíveis para a França, o que exigiu usar um avião comercial. Conseguiram passagens para o voo direto das 19 horas de Guarulhos para Paris, o que lhes dava apenas duas horas de preparação. Os agentes possuíam passaportes e vistos militares permanentes para qualquer situação, mas ele era apenas um consultor recém contratado. Possuía seu próprio passaporte, e poderia entrar na França como turista, mas isto impossibilitava que levasse sua armadura e sua espada de combate. Os acordos militares que os Caçadores obedeciam eram bastante rígidos sobre cada soldado poder viajar apenas com seu próprio equipamento. O impasse foi resolvido por Kyu, que ligou para o armeiro da Base Paris e passou instruções para que outro jogo de equipamentos fosse preparado especialmente para o Agente Consultor Claudius. A conversa entre os dois teve tantos termos técnicos que só podia ser entendida por outro cientista: desde que fosse um físico com Prêmio Nobel.

Ainda sobrou meia hora para que fosse literalmente correndo até seu apartamento, seguindo pela linha do trem que corta São Paulo, para buscar sua mochila de viagem com algumas roupas e seu passaporte. Viu seu celular no carregador em cima da TV e o pegou mecanicamente, sem nem ver se tinha alguma mensagem. Voltou para a Base a tempo de embarcar no Jipe que os levou para o Campo de Marte, onde outro helicóptero os conduziu até a Base Aérea de Cumbica. Vestiram uniformes de oficiais da FAB para facilitar o acesso à área civil do Aeroporto, usando os acessos restritos. Quatro militares sérios, usando óculos escuros e três deles levando grandes malas negras intimidavam todos os que cruzavam seu caminho. Até receberam continências de outros soldados que circulavam pelo aeroporto. Claudius tinha consciência de que estava destoando por seu porte nada físico e sua mochila, mas por ser o mais velho do grupo e por ter cabelos grisalhos estava sendo confundido com um oficial de carreira. Retribuía as continências, o que quase fazia Cora explodir em gargalhadas. Cabelos grisalhos podiam ter algumas vantagens.

O voo com duração de onze horas sem escalas transcorria normalmente. Por volta de meia-noite ele decidiu puxar conversa com Cora, estimulado pela luz do luar refletida no Atlântico, que entrava pela janelinha:

— Devo te pedir desculpas. Acho que meti todos vocês numa enrascada...

— Do que está falando?

— Da vampira. Perdi a cabeça, devia ter deixado aquilo para os profissionais: vocês.

— Esquece. Ninguém podia saber que ela só duraria alguns minutos. Já vi interrogatórios demorarem de uma a duas horas.... De qualquer modo não era para fazermos prisioneiros e voltamos sem nenhum. Foi o que coloquei no relatório...

— Mesmo assim. Sinto que falhei com todos vocês. Kyu ficou decepcionado quando falei que não salvei nenhum computador do suicídio...

— Você não, mas salvamos alguns. Mas acho que não vai dar em nada, eles estavam preparados para nós. Antes de partirmos, Daniel me contou que aquele papo de Buenos Aires era só fachada, pistas falsas para nos tirar da cola deles...

— Então eles sabem que os estamos seguindo. Isto me preocupa, vão ficar mais cuidadosos.

— Nós também. Em Paris será mais fácil rastreá-los. As equipes da Comandante Loren monitoram aeroportos, câmeras de transito, estacionamentos, hospitais. Já participei de duas EBAs na França, é realmente outro mundo. Em francês as EBA viram "EPS"... Équipe de Perquisition et de Saisie...

— Não sabia que você fala francês.

— Não falo. Mas a Comandante sempre tem alguém na equipe dela para servir de interprete. E podemos nos entender em inglês básico...

— Mudando de assunto, sabe se temos alguma pista nova para seguir?

— Daniel vai nos atualizar quando chegarmos. Parece que iam investigar as correntes, já que remédios e anestésicos são o universo da Red Moon. E tem também os aviões, não acredito que vampiros fugiriam em voos comerciais. Eles devem ter algum transporte possível de monitorar...

— Seria engraçado se tivesse algum neste avião...

— Não acredito. Vamos pousar quase ao meio dia, nenhum vampiro teria como desembarcar com o sol a pino.... Você viu o que o sol faz neles.... Pensando nisto, se não se importa, vou tentar dormir um pouco enquanto é noite. Estou pregada...

Ambos reclinaram seus bancos para tentar dormir. Mas ele sabia que não conseguiria. Aquela última observação de Cora o fez se lembrar do quanto os vampiros queriam uma vacina contra o sol. Um dos segredos que só Alana conhecia. Pegou seu celular e foi ler as mensagens deixadas por suas filhas, acumuladas desde a semana anterior. Conseguiu respondê-las através do serviço de Wifi do avião.

26 — Visita inesperada

A Comandante Loren está acostumada a receber visitas do mundo todo. É por isso que sua Base mantem um convênio com um Hotel situado a duas quadras de distância, para onde eram enviados todos os recém-chegados a Paris.

Claudius e seus três companheiros foram conduzidos por um motorista de aluguel, contratado especialmente para levá-los do Aeroporto Charles de Gaulle para o Hotel. Teriam tempo de tomar um banho, trocar de roupa e almoçar, antes da reunião marcada para às quinze horas na Base. Geralmente os visitantes seguiam de táxi por conta própria, mas aparentemente aquela equipe estava sendo esperada, e recebendo um tratamento diferenciado. Cora torcia para que Claudius não saísse dando continências.

Por coincidência ou não, os quatro receberam quartos no quinto andar. Claudius e Cora ficaram no meio do corredor, um em frente do outro, enquanto os rapazes ficaram um em cada extremidade. Alguém devia ser supersticioso, para alinhar os quartos em forma de cruz.

Como ninguém consegue descansar em aviões, todos foram diretamente para seus quartos procurar por um chuveiro, numa tentativa de se reanimar. Claudius não se sentia cansado fisicamente, mas sua mente precisava relaxar da tensão acumulada por toda a semana. Gastou poucos minutos no banho, pois mesmo sem se apressar, o metabolismo dele agia mais rápido quando estava tenso. Já tinha vestido calças limpas, sapatos e abotoava a camisa quando a campainha tocou. Devia ser Cora ou um dos rapazes para perguntar alguma coisa. Seguiu despreocupada e lentamente para abrir a porta, sem sequer questionar quem era.

Assim que virou a chave e a maçaneta, a porta foi empurrada com força e um poderoso braço arremessou um punho contra seu queixo: pow!

Pego de surpresa, se desequilibrou e foi arremessado de encontro ao chão. O agressor se atirou em seu encontro, preparando outro golpe. Mas desde o natal anterior, não era mais um executivo indefeso: tinha a velocidade e a força extra-humana, amplificada pelo treinamento dos Caçadores. Se virou no chão, saltou para o lado e retribuiu o golpe, atingindo o oponente com um soco nas costelas, fraco, mas suficiente para atirar o agressor de encontro ao sofá, virando tudo e fazendo um estardalhaço que se propagou para o corredor pela porta aberta.

O atacante também era forte e resistente. Se levantou um pouco ofegante, se preparando para outro ataque. Falou misturando palavras que não eram português e nem francês enquanto saltava tentando acertá-lo novamente:

— Você need deixar ela em peace, monster!

Claudius não entendeu nada, mas viu que não era um vampiro, apenas um humano fora de si. Não contra-atacou, apenas aparou o golpe e fez outro dos movimentos ensinados por Cora, levantando o homem do chão e atirando-o sobre a cama.

O grito veio da porta, interrompendo o entrevero:

— Claudius, Steve, parem, os dois!

Ambos se viraram a tempo de ver Cora fechando e trancando a porta, antes de correr na direção da cama.

Claudius tentava entender:

— Como é? Steve? Quer dizer, o Agente Steve?

Cora estava vermelha, toda ruborizada. Steve parecia ter engolido a língua, visivelmente embaraçado.

— Sim, difícil fazer apresentações desse jeito. Claudius, este é o Agente Steve. Steve, ele é o Agente Claudius...

Nenhum deles podia imaginar uma apresentação tão cômica.

— Mas por que me atacou desse jeito?

Cora ruborizou ainda mais:

— Não entendeu? Ele está com ciúmes de você...

Caiu a ficha.

— Ah, é isso? Vocês dois...?

Relaxou e deu uma gostosa gargalhada. Steve se encolheu ainda mais. Conseguiu dizer:

— I'm sorry, amorrr. Esstraguei tudo...

Claudius não entendeu:

— Estragou o quê, Steve?

Cora respondeu quase chorando:

— A companhia não tolera relacionamentos entre agentes. Seremos expulsos...

— Não se depender de mim. Não se esqueçam que sou especialista em amor e paixão. Sou o mais apaixonado daqui.

Steve fechou a cara de novo.

— Calma, Steve. Cora é uma grande amiga, mas minha paixão é por outra mulher...

Cora sentiu novamente uma ponta de inveja.

— Não vou contar o segredo de vocês para ninguém. Nem precisa me ameaçar...

A conversa foi interrompida por fortes batidas na porta. Ouviram a voz de George perguntando:

— Claudius, aconteceu alguma coisa? Ouvimos barulho...

Ele foi até a porta e respondeu em voz alta, sem abri-la...

— Estava me exercitando, derrubei o sofá.... Está tudo bem...

Assim que o corredor voltou a ficar vazio, Cora ajudou Steve a caminhar até o próprio quarto dele, no mesmo andar. Ainda tinham quase duas horas antes da reunião. Ela queria ver a extensão do estrago que aquela brincadeira de moleques tinha feito.

27 — Como uma estrela

Alice Loren estava preparada para mais uma rodada das mesmas perguntas. Eram inevitáveis sempre que era apresentada a alguém que tivesse visto cinema a mais de quinze anos. Desde quando ainda era apenas uma simples agente de campo, sempre foi confundida com a estrela de cinema com a qual compartilhava o sobrenome. Alguns diziam que eram sósias, outros que ela devia ser a irmã mais nova ou filha da estrela. Ela gostava de pegar carona na fama da atriz, mas tudo não passava de coincidências. Nunca conheceu Sophia Loren pessoalmente.

Mantinha seu corpo sempre em forma, continuando com os mesmos treinamentos que fazia quando era agente. Ainda era uma excelente esgrimista, praticava artes marciais e corria dez quilômetros pelo menos uma vez por semana. Seus cabelos compridos negros e lisos eram muito bem cuidados. Ninguém diria que estava com 46 anos. E ainda conseguia tempo para desenhar moda, em suas horas de folga, só para relaxar.

Sempre foi solteira, embora gostasse do assédio dos homens, inclusive dos mais jovens, mas só quando estava fora do trabalho. Na corporação era conhecida por ser justa, séria, eficiente e dedicada. Até mesmo fria. Em seu currículo constava mais de trinta EPS com sucesso, algumas dezenas de corações vampiros perfurados, outro tanto de cabeças decepadas e até alguns vampiros capturados. Era uma guerreira quando a situação exigia. Qualidades que foram consideradas quinze anos atrás, quando foi nomeada Comandante da Base Paris, e diretora da "VH Avancée Technologic Recherche", sede oficial dos Caçadores de Vampiros na França. A nomeação na época foi uma revolução, a primeira comandante mulher. Precisou de apenas dois anos para vencer mais esta batalha e ganhar o respeito e a admiração de todos, sem depender de sua aparência ou de seu sobrenome famoso. Conquistou fama própria.

Desde que era apenas uma agente de campo, sempre contou com o apoio do Comandante Geral Espério. Só nos últimos anos que os dois perceberam que o tempo passava e que seria bom ter companhia para quando resolvessem se aposentar. O affaire começou naturalmente, sem que nenhum deles tivesse planejado, mas já era irremediável.

Não se surpreendeu quando Espério a convidou para jantar na noite anterior, o que já era esperado e desejado, apesar de proibido. Ele sempre vinha a Paris quando tinha tempo, até mantinha um apartamento próprio na cidade. Afinal, o trem de alta velocidade entre Genebra e Paris demorava pouco mais de três horas para completar o percurso.

E as preocupações do seu chefe, protetor, amigo e se não fossem as regras, namorado, tinham fundamento. Ela esperava ter um plano de ação delineado quando entrou na sala de reuniões da VH ATR, para receber seus novos convidados, exatamente às quinze horas em ponto. Além dela e de Espério, estavam presentes os quatro recém-chegados do Brasil, o agente Steve que tinha vindo de New

York e três dos melhores agentes locais, que falavam português. Como ela e Espério também conheciam um pouco da língua, esperava não ter problemas de comunicação.

Durante as apresentações, foi Claudius quem fez a pergunta de praxe:

— A senhora lembra muito a atriz Sophia Loren. Teriam algum parentesco?

Ela devolveu a resposta de praxe, que não deixava o assunto se prolongar:

— Não, minha aparência e meu sobrenome são apenas coincidências. Mas não estamos aqui para falar de cinema.

Terminadas as apresentações, começou a reunião:

— O Comandante Espério aqui, me autorizou a conduzir esta reunião. Não preciso informar a gravidade da situação, creio que todos já sabem, mas se tiverem alguma dúvida é hora de saná-las. Podem perguntar o que quiserem, desde que o foco seja nosso problema atual.

Steve acenou pedindo a palavra:

— Meu Comandante Blacksword não quer tirar o foco da Red Moon. No que vamos trabalhar aqui, na Red Moon, na senhora Alana ou nos dois assuntos?

— Steve, pelo que li em seus relatórios, tudo indica que as atividades da Red Moon parecem partir aqui de Paris. E agora temos a informação de que Shogun veio para cá, trazendo Mademoiselle Alana. Sabemos que ela detém conhecimentos que podem significar nosso fim, portanto nosso foco prioritário é resgatá-la viva e o mais rápido possível.

Claudius suspirou aliviado. A Comandante Alice continuou.

— Devo posicioná-los sobre o que aconteceu enquanto vocês estavam em trânsito. Nossa base monitora continuamente o que acontece ao nosso redor, mas sem invadir liberdades individuais. Temos acesso a todas as informações que possam ser obtidas por nossas autoridades, mas em menor tempo. Coisas como entradas em hospitais, planos de voo, informações de trânsito e outras. Assim que soubemos que os vampiros estavam vindo para cá, cruzamos alguns dados.

A tensão na sala se elevou.

— Sabemos que há dois dias, dois aviões particulares da Red Moon partiram com destino ao Brasil, em voos do tipo bate-e-volta. Foram buscar alguém ou alguma coisa. Os registros indicam que um é uma aeronave civil e a outra é uma UTI aérea. São dois modernos e rápidos Legacy 650, fabricados pela empresa brasileira Embraer. Os dois estavam em Paris hoje pela manhã, então deduzimos que Shogun e Mademoiselle Alana estão na cidade, neste momento.

Claudius se remexeu na cadeira, estimulado pela possível proximidade de Alana. Alice continuou:

— Como vocês encontraram instalações médicas em dois dos covis que desativaram, deduzimos que o avião hospital foi para trazê-la.

Espério a interrompeu com um gesto. Falou com voz calma, forte e com um estranho sotaque, se dirigindo à equipe brasileira:

— A propósito, vocês estão de parabéns pelas missões bem-sucedidas. Senhor Claudius, saberia nos dizer porque sua esposa precisa de instalações médicas?

Claudius se surpreendeu com a pergunta:

— Acredito que ela esteja sendo mantida inconsciente. Se estivesse desperta já teria escapado ou feito contato comigo. Ela nunca aceitaria o cativeiro sem lutar, e acreditem, é uma guerreira poderosa...

Alice retomou a palavra:

— Isto nos leva ao nosso outro ponto. Nos dois locais o senhor encontrou remédios e correntes. Não temos como monitorar medicamentos na Red Moon, pois é o ramo deles. Mas correntes não são equipamentos médicos. Estamos investigando onde a Red Moon pediu correntes nos últimos dias, aqui em Paris. Os agentes Renée e Maciel aqui presentes estão encarregados desta investigação.

Desta vez foi Steve quem se manifestou:

— Posso ajudar nisto, estou acostumado com investigações assim.

Na verdade Steve queria alguma coisa urgente para fazer, para disfarçar o mal-estar que estava sentindo depois do vexame no Hotel.

— Agradeço sua iniciativa, mas minha equipe já está trabalhando nisto. Talvez tenhamos alguma coisa quando esta reunião terminar.

A propósito, temos outro assunto em que podemos precisar da sua ajuda: as mansões.

Steve esperou:

— Identificamos que os três sócios majoritários da Red Moon possuem mansões num dos bairros mais aristocráticos daqui, o 7º arrondissement. São mansões particulares e cercadas de enormes áreas verdes. São ótimos esconderijos para os vampiros, mas não podemos invadir propriedades particulares sem evidências claras de que são habitadas pelos monstros. Se descobrirmos que alguma delas recebeu correntes pode ser um indício de onde devemos fazer nosso resgate. Mas precisamos de outras evidências.

Claudius ainda estava agitado:

— Por que não podemos invadi-las e verificar com nossos equipamentos?

— São propriedades particulares e ainda não temos provas que justifiquem uma ação armada. Conheci pessoalmente o dono de uma delas, Monsieur Jacques Donatello, numa festa beneficente. Ele é muito influente por aqui, muito rico e faz doações generosas para diversas instituições. Se veste horrorosamente, nunca simpatizei com ele. Não podemos mexer com um figurão assim sem provocar um desastre político e diplomático.

Steve se lembrou:

— Já vi esse nome, diversas vezes. Parece que é quem negocia em nome da Red Moon, quem assina todos os contratos milionários, mas ainda não achei ligação dele com as casas ou com qualquer negócio ilícito. A organização é mais complexa do que parece...

— Exato. Bem, estamos monitorando também o tráfego de ambulâncias, sejam da Red Moon ou de outras empresas. Vamos cruzar os dados com o horário de chegada dos aviões, para ver se descobrimos para onde ela foi levada, se uma das mansões ou outro lugar.

Claudius percebeu que a reunião estava no fim:

— Posso ajudar com os computadores, nestas investigações. Ou a senhora tem alguma coisa em mente para fazermos?

— Enquanto não tivermos alguma pista, vocês estão livres para ficar na Base ou descansando em seu hotel. Para terminar, senhor Claudius, o agente Pierre será seu intérprete enquanto estiver em Paris. Ele o acompanhará onde for preciso.

Cora e Steve trocaram olhares. Eles nunca tiveram interpretes exclusivos em suas outras visitas.

Com a reunião terminada, todos decidiram permanecer na Base, conhecendo o local e procurando alguma coisa para fazer.

Steve foi procurar Espério assim que saiu da sala.

Pediu permissão para seguir até a Áustria, investigar de perto o ultimo local conhecido em que Madame Pin tivera contato com os Caçadores. Queria averiguar se podia obter alguma pista nova. Na verdade, a intenção era sair de Paris, pelo menos pelos próximos dois dias para pôr a cabeça no lugar. Embora sem entender exatamente o motivo do pedido, o Comandante autorizou.

Se eles soubessem o que tinham pela frente, todos teriam preferido seguir para o Hotel e descansar.

28 — A cilada

Donatello adorava quando podia se meter no trabalho de Noboiushi. Principalmente quando envolvia segurança. Poder dar ordens para as equipes de vigilância, sem dar satisfações para o outro Diretor o deixavam excitado. Era melhor ainda quando produzia resultados.

Conforme as ordens do mestre, tinha ordenado para que fossem vigiados todos os voos que chegassem do Brasil, nos dois aeroportos. Foi assim que por volta do meio dia uma equipe escondida nos locais escuros fotografou quatro indivíduos saindo do Charles de Gaulle. Mesmo sem armadura e vestindo um uniforme de oficial militar foi fácil reconhecer o sujeito que aparecera nas filmagens da Casa de Sophie. O velho baixinho grisalho e barrigudo. O tratamento da aberração devia ter tido algum efeito colateral.

Para aproveitar a oportunidade de mostrar sua eficiência, foi pessoalmente até a mansão do mestre, para relatar a descoberta.

Shogun ficou preocupado assim que foi notificado. Imediatamente pegou um telefone celular e ligou para Noboiushi:

— Chegaram, rápido demais. Você estava certo. A aberração realmente deve ter uma ligação direta com a mente de Alana. Vamos prosseguir com o plano: leve-a para o local combinado.

Parta imediatamente. Jogue a isca quando fizerem a escala e me avise.

Em seguida o mestre convocou os dois generais que lhe serviam como guarda-costas, Shonen e Nigurin, para os ajustes finais. Mas o plano era deles, os samurais. Não envolviam o Diretor Financeiro, exceto se precisassem gastar com os preparativos. Podia voltar para seus próprios afazeres mais importantes, que no momento era cuidar das duas noivas, suas hóspedes.

Não era uma missão fácil. Tanto Annette como Sophie queriam ser as únicas a receber a atenção do mestre, pois sabiam que qualquer deslize significava a morte definitiva. Mas ao mesmo tempo se sentiam sozinhas, carentes e ameaçadas. Ele gostava de preencher estas lacunas. E também não podia cometer nenhum deslize.

Shogun sempre soube que seu Diretor não é confiável, quando se trata das noivas, mas no momento era a sua única opção. Bem ou mal, a mansão de Donatello ainda é o lugar mais seguro para elas, pois a Casa de Paris poderia ser o próximo alvo dos Caçadores e as outras mansões deveriam permanecer desertas até a crise ser resolvida.

Preferia cuidar de suas propriedades pessoalmente, incluindo as noivas, mas neste momento a aberração representava um perigo mais imediato. Se aquele sujeito podia seguir Alana e localizá-la mesmo com toda aquela distância, a prioridade era destruí-lo antes que perdesse mais alguma noiva ou mais alguma casa. Justifica se envolver pessoalmente nesta empreitada.

Junto com os dois seguranças não teria problemas para eliminar aquele risco. Não é a primeira vez que os Caçadores chegam perto demais.

Se lembrava perfeitamente de todas as outras vezes.

A primeira foi quando plantaram um jovem espião em seu palácio em 1733, que foi desmascarado com a ajuda de Alana. Deu o troco em 1744 quando enviou sua noivinha como espiã. Graças as informações que Alana conseguiu, pode estar à frente das ações dos seus inimigos por vários anos. Novamente precisou dela em 1780 para resgatar dois samurais que haviam sido capturados. Novamente ela foi perfeita.

Em 1812 seus inimigos tiveram uma vitória parcial. Foi por acaso que seus samurais foram surpreendidos por uma patrulha dos Caçadores, enquanto escoltavam uma de suas noivas que foi fazer compras numa antiga cidade litorânea japonesa. Os malditos mataram a noiva Kyoko e três samurais novatos que tinham sido transformados a apenas quarenta anos. Ficou tão irritado na época que comandou pessoalmente o grupo de quatro batedores e dois generais para caçar a patrulha. Vingou a morte de Kyoko ordenando que seus vassalos bebessem o sangue dos Caçadores um de cada vez, enquanto os outros assistiam apavorados, e ele mesmo quebrou os pescoços e as colunas cervicais de cada um que morria.

Esperava que os malditos tivessem entendido o recado, mas não foi assim. Cinquenta anos depois, em 1862 perdeu outra noiva, Sayaka.

Ela tinha sido enviada para comprar roupas novas para todas as outras noivas na capital do Império japonês, Edo, mas a comitiva foi surpreendida antes de chegar à cidade. Os malditos Caçadores interceptaram a comitiva questionando porque viajavam à noite, numa região perigosa, conhecida pelos ataques de salteadores. Tudo poderia ter terminado bem, se Sayaka não tivesse se desesperado e atacado um dos Caçadores. Quando a patrulha viu a garganta de um dos seus sendo estraçalhada eles reagiram, e por estarem em maior número, conseguiram decepar as cabeças de todos os vampiros, começando pela de Sayaka. Só um escapou para contar o que aconteceu, um que fugiu a tempo.

Mesmo tendo organizado um grupo para caçar os Caçadores, não conseguiram encontrá-los e Sayaka nunca foi vingada.

Mas o maior problema que teve com seus inimigos foi no final da Segunda Grande Guerra. No início de 1944 os alemães nazistas praticamente dominavam toda a Europa, graças aos acordos militares que tinham com os vampiros. Quem contrata vampiros, mesmo sem saber o que são, está fadado a ganhar qualquer guerra. Eram o exército mais poderoso e o mais mortal. Mas então vieram os malditos Caçadores, fazendo ataques maciços a todos os vampiros, se aproveitando para matar todos só porque estavam numa guerra. As baixas foram enormes. Em consequência ele foi obrigado a reduzir seu apoio aos alemães, que naturalmente ficaram enfraquecidos. Os soviéticos se aproveitaram da situação e lançaram a "Operação Bagration" na Bielorrússia e Ucrânia que juntamente com a invasão da Normandia na França mudaram o rumo da história. Os malditos Caçadores indiretamente foram os responsáveis para que os Aliados ganhassem a guerra contra a Alemanha nazista. Teve sorte de conseguir escapar vivo de Vitebsk poucas horas antes da cidade cair, graças à intervenção de Noboiushi.

Só depois da guerra, com a formação da Red Moon, que sua situação melhorou. Seus dois Diretores criaram uma poderosa blindagem para manter todos os indesejáveis longe da sua presença. O mundo todo mudou e agora cabia na palma de sua mão. Até Tóquio, nome atual da antiga Edo, estava subjugada ao seu domínio através de sua linda noivinha Miyasaka.

E agora o mundo muda novamente. Se a teoria de Noboiushi estiver correta, os malditos Caçadores tinham aprisionado Alana pelo último século, fazendo experiências e descobrindo como transferir o poder dela para aquele sujeito esquisito. Os nazistas também tentaram alguma coisa assim, mas nunca tiveram chance de completar as experiências, porque todos os vampiros que capturavam eram imediatamente resgatados pelas suas equipes. Foi bom estar infiltrado entre os alemães naquela época.

A situação atual exigia que tomasse medidas enérgicas. A primeira seria eliminar a aberração, dentro de algumas horas, antes que o sujeito pudesse destruir qualquer outra coisa.

Depois, por mais que odiasse a ideia, tinha que admitir que Sophie está certa: Alana representa um perigo para a sobrevivência de todos os vampiros. Iria interrogá-la para saber como a aberração foi criada e em seguida ela também precisa ser destruída.

29 — Baixas

O final daquela quinta feira não estava sendo muito produtivo. A investigação sobre correntes revelou que a Red Moon adquiriu uma grande quantidade poucos meses antes, que foram entregues no hangar onde os dois aviões Legacy estavam sendo reformados. Não havia nada de anormal nisto. Equipamentos pesados precisavam ser içados por gruas que usam correntes. As pesquisas prosseguiam, procurando outras entregas em clínicas ou hospitais.

A segunda linha de investigação sobre o tráfego de ambulâncias era ainda mais demorada. Havia registros de quase duas dezenas de ambulâncias circulando nas ultimas quarenta e oito horas. Nem todas as clínicas e hospitais eram monitoradas pelas equipes da Comandante Alice, mas todos os registros precisavam ser confirmados. Sempre esbarravam em alguma burocracia.

Claudius estava impaciente. Estava a quase uma semana longe de Alana e ainda não via como isto podia terminar. Depois da reunião conheceu o armeiro local, recebeu seu equipamento novo e foi treinar um pouco. Virou uma sensação no salão de treinamento, cercado pelos agentes franceses que queriam conhecer o "mari de vampire". Treinar com alguém que tinha a força e a velocidade dos vampiros era algo que nenhum deles nunca imaginou.

O Agente Pierre o acompanhava aonde quer que fosse e traduzia tudo, inclusive quando falavam inglês. As línguas estrangeiras eram mais um motivo para sentir falta de Alana.

Tentou ajudar as equipes que faziam as investigações, para ter alguma coisa em que pensar. Uma informação que chegou no final da tarde dizia que o avião hospital havia decolado novamente, por volta das três da tarde. Conseguiram acessar o plano de voo. Estava levando um órgão humano para um transplante de emergência em Almaty, no Cazaquistão, uma viagem estimada em 7 horas. Havia até os registros visuais da ambulância que havia transportado o órgão desde uma clínica na periferia, nas imagens capturadas pelas câmeras de transito. Nada de anormal, considerando os serviços legais que eram prestados pela Red Moon.

Eram cerca de 20 horas quando Claudius e Cora decidiram voltar ao Hotel para jantar, enquanto descansavam um pouco. Ricardo e George continuaram na Base e informariam assim que descobrissem qualquer coisa. O Agente Pierre se ofereceu para levá-los em seu próprio carro. Cora reconheceu o protocolo de vigilância cerrada mas preferiu não comentar nada na presença de Claudius. Depois que voltassem questionaria um dos comandantes.

Os três foram direto para o Restaurante do Hotel, para jantar alguma coisa leve. Ninguém tinha ânimo para nada. Num momento em que Pierre se afastou para ligar para a Base, para verificar se havia aparecido alguma coisa, Claudius aproveitou o momento a sós para perguntar:

— Está tudo bem entre você e Steve? Soube que ele pediu para ir para a Áustria...

— Sim, está tudo bem, como sempre esteve. Longe um do outro.

Cora demonstrava melancolia na voz. Prosseguiu:

— Ele viajou porque estava envergonhado pelo acontecido mais cedo.

— Tenho que te pedir desculpas. Nunca tive a intenção de ficar no meio de vocês...

— Eu sei, não se preocupe. Também fui um pouco culpada. Sinto demais a falta dele. Quando vi o jeito que você se importa com Alana, acho que fiquei enciumada.

— Minha ligação com Alana é muito forte, não consigo esquecê-la nem por um segundo. Acho que se não fosse a Companhia, você e Steve podiam viver uma ligação igual.

— Obrigada pelo apoio, mas acho muito difícil. Os dois teríamos que sair da VH e nenhum de nós sabe fazer outra coisa.

Interromperam a conversa com a volta de Pierre. Nenhuma novidade. Resolveram subir para tomar uma ducha e trocar de roupas antes de voltar para passar a noite na base. Pierre ficou aguardando no bar do hotel, enquanto Claudius acompanhou Cora até a porta do quarto dela, antes de seguir para o seu próprio.

Tomou seu banho bem lentamente, como fazia quando era apenas um humano. Não havia motivo para ter pressa. Também lentamente vestiu roupas limpas. Se lembrou de pegar sua nova Jedi que estava no bolso da calça que tirou e guardá-la novamente na calça que estava usando. Passava cinco minutos das vinte e duas horas quando percebeu o pisca-pisca sobre a cômoda. Tinha deixado seu celular carregando e a luzinha indicava que havia uma mensagem para ser lida. Lentamente foi até o celular, esperando ver alguma cobrança de suas filhas. Tinha respondido as mensagens delas durante o voo.

Assim que viu a mensagem, sua moleza acabou. No segundo seguinte estava do outro lado do corredor, com o dedo grudado na campainha e batendo freneticamente na porta do quarto de Cora. Por sorte ela já estava vestida, usando os óculos de combate e lhe apontando a Jedi dela quando abriu a porta. Ele ignorou a espada e quase acertou o rosto dela com o celular, ao mostrar a mensagem:

— Veja, Alana fez contato!

Claudius estava tremendo. Cora precisou se esforçar para ler a única linha na tela do aparelho que estava sendo agitado. Dizia:

"Me ajude. CDG 22h30"

— Tem certeza que é dela?

— Só pode ser. Veja o remetente. "Deusa", é como gravo o número dela. Não tenho dúvida, minha deusa conseguiu uma brecha e está me chamando. O que acha que é CDG?

— Óbvio demais. O aeroporto Charles de Gaulle.

— Temos vinte e cinco minutos. De que lado fica? Vou correndo até lá...

— Calma aí, moço! Pode ser uma armadilha, precisamos avisar a base...

Claudius estava sem paciência. Pegou Cora no colo e correu para as escadas, desceu os cinco pavimentos e se materializou em frente de um estupefato Pierre antes que ela tivesse tempo de recolher a lâmina da espada. Nem resfolegava quando informou o agente:

— Alana estará no aeroporto De Gaulle em vinte e cinco minutos. Pode nos levar lá?

— À esta hora e pisando fundo chegamos em dez. O que aconteceu?

— Conto no carro. Vamos.

Cora foi levada no colo até o carro, sem que os humanos presentes no restaurante vissem o que estava acontecendo, mesmo que quisessem.

Quando saíram acelerados no Citroen, Pierre já estava se comunicando com a base através do seu próprio celular, informando sobre a mensagem e pedindo uma EPS urgente. Deduziram que a mensagem devia se referir ao hangar onde os aviões permaneciam, aquele mesmo que havia recebido correntes poucos meses antes. Os comandantes por telefone conseguiram acesso à área do aeroporto reservada para voos executivos e ordenaram que os três vigiassem o hangar até a chegada da EPS. Em hipótese alguma deviam entrar em combate corporal, sem armaduras e sem o apoio da Equipe. Se o avião tentasse manobrar para decolar, deviam se interpor no caminho, para atrasá-lo o máximo possível.

Pierre conhecia o Aeroporto e suas entradas, e tinha credenciais para acessar áreas restritas, mesmo usando um automóvel particular. Com o apoio dos Comandantes Espério e Alice pelo telefone, chegou próximo do hangar exatamente as 22:25, com cinco minutos de folga. A Equipe devia chegar em mais vinte minutos, aproximadamente. Só tinham que impedir que o avião saísse dali, simples assim.

Cora e Pierre eram treinados para obedecer ordens, mas Claudius estava tenso demais para ouvir. Observou o hangar, viu que a grande porta que liberava aeronaves estava fechada, mas havia portas e janelas normais ao nível da rua. A pé, poderia se aproximar de uma das janelas sem ser visto e observar o interior. Facilitaria a vida dos agentes quando chegassem.

Sem falar nada, abriu uma porta do carro e correu para o lado de uma das janelas. Nem ouviu Cora e Pierre desesperadamente o chamando de volta.

Da janela pode observar o interior. Havia poucas luzes acesas, nem parecia que o grande avião que estava no centro do hangar estava sendo preparado para partir. Na parte do fundo havia outras salas, algumas com luzes acesas. Alana podia estar em qualquer uma delas ou mesmo dentro do avião. Pensou ter visto um movimento próximo da aeronave. Forçou mais a visão até divisar algo como uma pessoa em pé, parada nas sombras. A pessoa se movimentou, dando alguns passos para a frente e por alguns instantes ficou sob o foco de uma das lâmpadas. Claudius o reconheceu imediatamente: Shogun, aquele que se dizia Imperador dos Vampiros e proprietário de Alana. Sua adrenalina atingiu o pico máximo e neutralizou qualquer sinal de prudência.

Correu para a porta mais próxima e entrou no hangar, ativando a Jedi. Parou a uns dez metros de Shogun que também segurava uma espada, com o cabo todo cravejado de pedras preciosas. Os dois se encaravam, um analisando o outro. O vampiro falou primeiro, numa voz fria e sem sorrir:

— Então é você que está perseguindo minha noiva. Não sabe que isto é muito feio?

Claudius não queria conversa:

— Onde ela está?

— Não se preocupe. Ela foi para casa. Tudo voltará a ser como era desde o início...

— Alana nunca mais ficará com você...

— Ela me pertence, nunca deixou de ser minha!

118

Só então Claudius percebeu que havia mais dois vampiros saindo das sombras, um de cada lado do hangar. Era uma cilada. Alana podia nem estar por perto. Usou o mesmo tom de voz de Shogun:

— Me diga onde ela está, enquanto ainda tem uma garganta para falar!

E saltou sobre o Vampiro, usando a Jedi com toda a força que tinha. Shogun esperava uma luta com um humano forte, mas foi surpreendido pela força e violência do ataque, tendo que se defender e dando alguns passos para trás.

Os generais ainda estavam se decidindo se precisavam ajudar o mestre quando ouviram passos chegando à porta. Mais dois Caçadores entraram portando aquelas espadas esquisitas, uma mocinha e um rapaz, usando óculos escuros àquela hora da noite. Sabiam que seu mestre era invencível, portanto podiam se divertir com aqueles dois recém-chegados.

Nigurin partiu para cima de Cora, Shonen para cima de Pierre. Começaram a duelar, uma dupla de cada lado do avião. Claudius e Shogun já chegavam nas salas do fundo, alternando ataques com defesas. O impacto de metal contra metal fazia um enorme estardalhaço e se espalhava por todo o hangar antes silencioso.

Cora sabia que Pierre nunca tinha enfrentado vampiros sem estar usando uma armadura, ao contrário dela que treinara com Claudius. Precisava acabar logo com o vampiro que a atacava para poder ajudar Pierre. Sem tempo a perder traçou uma estratégia. Atacou o vampiro com força e violência, fazendo com que ele desse dois passos para trás e se desequilibrasse. Em seguida se virou rapidamente, lhe dando as costas, fingindo que fugia para preparar outro ataque. O vampiro caiu no golpe. Partiu para cima dela enquanto estava de costas. Calculou o tempo exato para que fosse alcançada, retraiu a lamina da Jedi e acionou a lamina reversa, por baixo de seu braço. Foi certeira no coração do seu atacante, que caiu pesadamente, com a espada espetada no peito.

Respirou fundo para recuperar suas forças, e estava se abaixando para pegar a Jedi de volta quando ouviu um barulho seco vindo debaixo do avião, e que substituiu o choque de espadas. Ficou chocada ao ver a cabeça de Pierre rolando pelo chão. O segundo de indecisão foi fatal.

Foi levantada do chão por duas mãos fortes segurando seus braços por trás e em seguida a dor no pescoço foi lancinante. Gritou, tanto pela dor, como pelo sentimento de derrota.

Claudius e Shogun lutando no fundo da sala ouviram o grito. Provocou um momento de indecisão em Claudius, que foi aproveitado pelo seu oponente para um contra-ataque. Precisou recuar, mas logo se recuperou e voltou a atacar. A luta se estendeu ainda por uns dois minutos, até que vislumbrou um momento favorável para outro golpe em seu oponente. Atacou com a espada por cima, enquanto aproveitava para desferir um potente chute no peito de Shogun, que foi arremessado para dentro de uma das salas, quebrando tudo o que encontrava pelo caminho. Aproveitou o momento livre para ver o que acontecia com Cora.

Ficou horrorizado ao ver o vampiro bebendo o sangue que esguichava do pescoço da sua amiga. Foi sua vez de gritar, enquanto partia para um novo ataque:

— Nããããão!

Shonen viu o sujeito correndo em sua direção, girando a espada em movimento circular para acertar seu pescoço. Tolo, é o movimento mais fácil de evitar. Soltou o corpo da menina que desabou no chão e deu um passo para trás, deixando que a espada passasse a centímetros de sua garganta. O sujeito continuava o movimento circular. Fácil demais. Voltou o corpo para a frente, se preparando para esmurrar a nuca do seu atacante. Mas então algo estranho aconteceu. A lamina que se afastava desapareceu. Outra brotou no cabo da espada e continuou se aproximando de seu pescoço. Quando o tocou todo o prédio começou a girar de uma forma esquisita. O chão rolou para cima e começou a se aproximar rapidamente, ainda girando. Num dos giros viu um corpo sem cabeça caindo ao lado de uma menina. Seu corpo. A escuridão chegou antes de tocar o chão.

Claudius ainda correu até a sala do fundo, onde havia atirado Shogun. Ninguém. O vampiro covarde havia fugido.

Correu de novo até Cora. Jogou sua espada ao chão e se abaixou para levantar a linda cabeça loira, com muito cuidado. Ela ainda tentava falar alguma coisa, mas com a fraqueza e a garganta perfurada não conseguia emitir nenhum som. Ele entendeu os movimentos labiais, a última palavra que ela tentou pronunciar antes que a cabeça tombasse para o lado, sem vida.

Permaneceu por mais alguns minutos a segurando, abraçando e chorando copiosamente. Em seguida segurou o pequeno corpo de Cora bem junto do seu, com bastante cuidado, se levantou e saiu correndo em disparada levando-a para longe.

Shogun assistiu aos últimos minutos, do local onde estava escondido, analisando os últimos fatos. Perdeu dois generais e por pouco não perdeu a própria vida. Entendeu que tinha cometido um erro quando viu o olhar daquele sujeito. Era o mesmo que tinha visto séculos antes, quando um samurai esquartejou um outro general muito mais forte e experiente. Somente um samurai com o mesmo olhar poderia matar aquela aberração.

Ouviu barulhos do lado de fora. Mais Caçadores. Hora de partir e esperar por aquele sujeito, que voltaria muito mais perigoso depois da morte da loirinha. O próximo encontro seria ao lado de Alana. Ele e seu Samurai especial dariam cabo do casal mais perigoso que podia existir.

30 — Indisciplina

Por volta da meia noite a Base ainda estava uma confusão só. A EPS encontrou o corpo decapitado do agente Pierre, dois vampiros mortos e as três Jedi abandonadas, em modo vermelho, com o GPS acionado e informando que seus proprietários haviam sido neutralizados. A essa altura todas as bases já sabiam das baixas, pois o sinal do GPS era propagado automaticamente para o mundo todo. Mas nada dos corpos de Claudius e de Cora.

Tinha muito sangue pelo chão. Uma das espadas, a de Cora, estava sobre o peito de um dos vampiros, o que podia indicar que ainda estava espetada quando se retraiu para entrar no modo vermelho. Os corpos foram fotografados para uma investigação posterior.

Uma equipe de remoção foi acionada para recolher o corpo de Pierre e duas outras foram postas de prontidão, aguardando até que os dois outros corpos fossem encontrados.

Foi feita uma busca por todo o hangar. Havia sinais de luta em uma das salas dos fundos, mas no geral tudo estava normal. Nenhuma sala de hospital ou qualquer evidência de que a refém tivesse estado ali. Como não havia humanos no local, o hangar foi lacrado até que a Polícia local decidisse o que fazer. Procedimento de rotina para locais comprovadamente habitados por vampiros, como os dois corpos atestavam.

Espério estava na sala de Alice, tentando ajudá-la com os muitos protocolos, a maioria que ele mesmo tinha instituído. A Comandante sempre ficava com os olhos vermelhos e inchados nestas situações. Os Caçadores estavam permanentemente preparados para sofrer baixas, mas aquelas três tinham sido chocantes demais.

O último comunicado de Pierre, pelo celular, dizia que Shogun e Claudius estavam duelando e que havia outros dois vampiros. Disse que ele e Cora precisavam ajudar. Morreram heroicamente.

Mas não encontraram nenhum sinal de Shogun. Espério temia que suas suspeitas tivessem se concretizado. Era óbvio que Shogun tramara toda a armadilha e que mandara a mensagem como isca. Podia estar com Claudius agora, tendo usado Cora para chantageá-lo. Se fosse verdade, seus inimigos estariam com Alana, com Claudius e com Cora, o que podia significar o fim dos Caçadores. Não queria contar suas suspeitas para Alice, mas a conhecia muito bem. Ela devia estar pensando a mesma coisa, depois da conversa que tiveram na véspera.

Foi a bela Comandante quem quebrou o silêncio:

— Acha que eles ainda podem estar vivos, que só foram capturados?

Bingo. Esta era Alice, a que não deixava escapar nada.

— Precisamos de alguma evidência para iniciar uma busca. Nem sei por onde começar.

A conversa foi interrompida pelo som do interfone, que começou a tocar sobre a mesa da Comandante. Ela ligou no viva voz:

— O que foi Maciel?

A voz respondeu toda trêmula:

— O Agente Claudius está aqui, todo ensanguentado e falando umas coisas sem nexo.

Os dois arregalaram os olhos, incrédulos. Disseram ao mesmo tempo:

— O que ele está dizendo?

— Que quer seguranças para seu quarto de hotel e para chamarmos o agente Steve imediatamente.

O homem devia ter enlouquecido de vez, ou estava em choque, se sentindo ameaçado depois da luta com Shogun.

Alice tomou a frente:

— Tragam-no para minha sala, imediatamente!

Claudius chegou alguns minutos depois, escoltado por dois agentes. Espério não sabia se o abraçava ou se o esmurrava. Perguntou:

— Está ferido?

— Não Comandante. Meus piores ferimentos se curam em minutos. Este sangue é de Cora, ela está morta...

O momento exigia frieza. Espério tomou a palavra antes que Alice começasse a chorar novamente:

— Sabemos disto, suas espadas nos contaram. Mas nos contaram que o senhor também morreu. O que aconteceu?

— Era uma armadilha. Shogun e dois vampiros estavam nos esperando. Eu lutei com ele, Cora e Pierre enfrentaram os outros dois. Acho que Cora matou um, mas foi surpreendida pelo outro que deve ter pego Pierre. Eu matei o segundo enquanto Shogun fugia.

— É um relatório bem conciso. E depois, como perdeu sua espada?

— Nem me lembrei dela. Corri para socorrer Cora, ela morreu em meus braços.

— Isto explica o sangue em suas roupas. Como ela morreu?

— Foi mordida no pescoço. O vampiro bebeu quase todo o sangue dela.

— O senhor sabe que temos protocolos para quando isto acontece. Nossas equipes de remoção sabem o que fazer com o corpo, para que não se torne outro vampiro. O que fez com ela?

— Comandante, não permitirei que façam nada com ela. Está no meu quarto no hotel, peço para que providenciem para que ninguém entre naquele quarto.

Alice entrou na conversa:

— Como é? O senhor enlouqueceu? Não sabe que humanos que morrem por mordidas podem se transformar?

— Por favor, Comandantes, me ouçam. Ainda temos uma chance de salvá-la. Só precisamos do Agente Steve.

Espério estava começando a se irritar, o que era raro. Geralmente era o primeiro a saber das coisas, mas neste momento estava difícil de entender. Já tinha lido vários relatórios de Apolônio. Alice percebeu e veio em seu socorro:

— Joseph, deixe-o terminar. Explique-se, senhor Claudius, com detalhes.

— Eu não devia contar isto, fiz uma promessa, mas a situação atual exige medidas extremas. Cora e Steve estavam namorando em segredo. Os dois estão perdidamente apaixonados um pelo outro.

Agora foi a vez dos comandantes ficarem perplexos.

— Steve chegou a me atacar ontem no hotel, com ciúmes de Cora. Foi por isso que ele se retirou. Estava envergonhado e com medo dos dois serem expulsos.

Espério reagiu:

— Eu nunca os expulsaria por isto. No máximo daria uma advertência.

Alice esboçou um sorriso. Perguntou:

— E como isto pode salvar Cora?

— Foi exatamente o que aconteceu entre eu e Alana. Eu me apaixonei por ela enquanto era uma vampira. Lhe dei meu sangue e minha vida. Ela diz que meu amor foi tão intenso que a curou e ela também se apaixonou. Quando virei um vampiro, ela me deu um pouco do seu próprio sangue curado e me curou também. Acredito que o amor de Cora e Steve tenha a mesma intensidade.

Alice ainda se mostrava incrédula:

— Está querendo nos dizer que o antídoto para vampirismo se chama amor?

— Exatamente, mas tem que ser puro, sincero e intenso.

Espério era mais prático:

— Se entendi direito, precisamos chamar Steve para que ele se ofereça para morrer quando Cora virar uma vampira, e depois quando ele também virar um vampiro, ela o salva. Acredita mesmo que vamos autorizar isto?

— Comandantes, com todo o respeito, acredito que esta decisão deve ser tomada exclusivamente pelo Agente Steve.

Os dois se calaram. Claudius aproveitou:

— Tenho mais um pedido. Por favor, preciso de transporte imediato para o Japão.

Alana Ghosten e o Resgate da Deusa

Parte 6 — Volta para casa

31 — A última cartada

— Senhor Claudius, do que está falando?

— Comandante, estive pensando no que Shogun disse enquanto lutávamos. Ele disse que Alana está em casa e que tudo voltaria a ser como no início...

— Consegue interpretar isto?

— Alana me contou dos lugares onde viveu. Alguns devem constar dos relatórios que os senhores possuem. Quando morou na Europa já havia abandonado os vampiros. Na Albânia ficou por pouco tempo, não seria considerado sua casa. Só pode ser o Japão, o local onde foi transformada, o início...

— E como acha que ela deixou Paris, se ainda não encontramos nada?

— Estive pensando nisto. Acho que foi no avião hospital, devem ter nos despistado.

— Me parece difícil, mas podemos conferir isto.

Espério voltou a falar no interfone:

— Maciel, contate Borislov. Diga para verificar se o avião hospital pousou no Cazaquistão conforme o plano de voo. Me informe assim que tiver uma resposta.

Em seguida se voltou para Claudius:

— Borislov é o comandante da Base Moscou. O Cazaquistão está sob a jurisdição dele. Supondo que ela esteja no Japão, como pretende encontrá-la?

— Preciso conferir seus arquivos, a primeira aparição de Madame Pin. Alana me falou que conhecia a arquitetura do Palácio, que era igual ao do Shogun. Se conseguirmos localizá-lo e se eu analisar mapas da região, vou me lembrar de mais alguma coisa. Por favor, me autorizem a falar com o pessoal do arquivo.

Alice interveio:

— Não vejo problemas nisto. Pode ir, vou escalar outro interprete para o senhor. Mas quero que nos traga imediatamente qualquer informação nova que obter, sem novas ações por impulso.

Claudius se surpreendeu pela observação da Comandante, mas foi obrigado a lhe dar razão. Se não tivesse agido por impulso, Pierre e Cora ainda estariam vivos.

Só precisou de duas horas nos arquivos para encontrar o que procurava. Realmente os computadores eram muito bons, mantendo todos os registros coletados nos últimos séculos. Teve acesso aos Arquivos X que continham os registros sobre Madame Pin. O primeiro partiu de um núcleo no interior do Japão, que era bem organizado e mantivera registros detalhados.

Eram duas e trinta da madrugada quando pediu para ser recebido na sala dos Comandantes. Espério já o estava esperando:

— O senhor tem razão. Borislov tem contatos em Almaty. Eles confirmaram que o avião hospital passou por lá, mas não fizeram nenhuma entrega e não havia nenhuma ambulância os esperando. Só reabasteceram e decolaram novamente. Não preciso lhe dizer qual o novo destino...

— Japão?

— Direto para Tóquio! E o senhor, achou alguma coisa?

— Muita, seus registros são perfeitos. O agente Maciel conhece arquitetura e conhece os arquivos. Ele me disse que o núcleo que fez o primeiro registro de Madame Pin, quer dizer, de Alana, ficava num palácio de arquitetura Shindem, um tipo de construção do Século XII. Mesmo em 1746 existiam poucos palácios assim. Cruzamos os dados históricos com os geográficos num raio de cem quilômetros procurando por outros palácios semelhantes. O único encontrado tem uma estória interessante: em 1881 foi investigado por estar numa região onde houve um enorme número de desaparecimentos de camponeses. Os agentes que estiveram no palácio só encontraram humanos, que se diziam abandonados pelos vampiros. Confere com a estória que Alana me contou, sobre o jeito que Shogun deixou o Japão.

— Então o senhor encontrou a casa dele. Vamos avisar Kawasaki...

— Comandante, vimos fotos aéreas atuais da região. Só tem ruínas. Quero ir lá antes de qualquer outra pessoa, não posso deixar que Shogun fuja novamente, levando Alana para outro lugar...

— Disse ruínas? Como pode saber que vai encontrá-los?

— Intuição. E um pouco de dedução.

— O senhor me lembra Steve, é outro que também tem uns estalos assim e geralmente acerta. A propósito, conseguimos contatá-lo, está a caminho daqui. Deve chegar pela manhã.

— Agradeço o voto de confiança, Comandante, mas não posso esperar. Gostaria de partir para o Japão imediatamente.

Novamente Alice interveio:

— Não será tão fácil. Não conseguimos nenhum voo para Tóquio, militar ou comercial. Talvez só amanhã depois do almoço.

— Comandante Alice, o que acontece com os bens dos vampiros que neutralizamos?

— São entregues para os Governos onde estavam sediados. Por quê?

— E quanto tempo demora até serem entregues?

Espério captou a ideia. Foi quem respondeu.

— No mínimo uma semana. Acho que entendi onde quer chegar. Seria irregular, mas acho que podemos contornar a burocracia, em face das circunstâncias...

Alice também era rápida para assimilar as coisas:

— Bem, se temos um avião, só precisamos de um piloto. Acho que posso resolver isto. Senhor Claudius, esteja no aeroporto em duas horas. Leve George, Ricardo e Maciel. Sugiro voltar ao seu hotel antes e trocar de roupas. Essas manchas de sangue estão muito fora de moda...

— Comandante, acho que não será necessário. Já vou sair daqui vestindo uma armadura...

Espério fez outra observação:

— Mais uma coisa. Não sabemos o que acontecerá com Steve e Cora. Mandei uma equipe para o seu hotel, com ordens para que ninguém entre em seu quarto sem que eu seja comunicado, e principalmente, para impedir que qualquer coisa saia dele. Gostaria que este assunto fosse mantido no mais absoluto sigilo, até que tenhamos uma resposta conclusiva. Podemos contar com o senhor?

— É claro, Comandante. Tenho certeza que ainda vamos rir muito desta situação daqui há uma semana: eu e Alana, os senhores, Steve e Cora...

Espério ficou pensativo. Alice sorriu.

32 — Salteadores assassinos

Jean Pierre Bordeaux ainda não acreditava no que estava acontecendo. Jamais em seus cinquenta e três anos poderia imaginar que passaria por uma situação assim. Estava aposentado a quase oito anos, pensando que nunca mais ocuparia a cabine de um jato, numa missão oficial. Bem, quase oficial.

O telefonema recebido perto das duas e trinta da madrugada já foi um acontecimento inesperado e histórico. Mademoiselle Alice Loren em pessoa, o acordando para fazer um pedido, não era uma coisa cotidiana.

Jamais negaria um favor para aquela estranha e linda mulher que salvou sua vida quase quinze anos antes. Pensava até que ela nem se lembrava mais de sua existência. Aconteceu em 1998, numa daquelas missões secretas, que aparentemente todos os pilotos militares tem que passar pelo menos uma vez na vida. Na época ele foi incumbido de resgatar um grupo de soldados paramilitares numa região distante no interior da Argélia. Estava escurecendo quando pousou um minúsculo jatinho numa pista clandestina dentro do deserto do Saara, onde devia aguardar a equipe. Logo que escureceu ele e um soldado que atuava como vigia do local foram atacados por uma gangue de malfeitores, que surgiram do nada, usando armas muito afiadas, facas e lanças. O soldado morreu com um profundo ferimento na garganta sem nem perceber o que os atingia. Quando os atacantes se voltaram para atacá-lo, foi salvo por uma figura vestindo uma estranha armadura negra, que manejava uma espada com a mesma habilidade dos atacantes. A luta demorou menos de um minuto, com quatro malfeitores mortos: dois decapitados e dois com o coração perfurado. Outros dois bateram em retirada, como se pudessem se dissolver no ar.

Quando a figura de negro tirou o capacete, se sentiu num filme, com a linda atriz Sophia Loren perguntando se estava bem. Mas a realidade era outra, aquela mulher não era a atriz e os mortos eram reais. Não havia outros sobreviventes.

Decolaram imediatamente, ele e sua estranha passageira. Ela lhe contou que os atacantes eram traficantes e que tinham assassinado toda a equipe dela. Foi a única do grupo que escapou. Seu treinamento o impedia de fazer perguntas, mas não acreditou nem por um minuto naquela estória. E nunca esqueceu do jeito como foi salvo e das habilidades da sua linda heroína.

Se aposentou sete anos depois, e graças a fotografias que apareciam em revistas de negócios, tomou conhecimento das atividades normais de uma sósia da famosa atriz, que tinha o mesmo sobrenome e que era uma executiva de sucesso. Alguém que tinha uma vida paralela, capaz de matar traficantes usando espadas para cortar cabeças, e que se preocupava em salvar desconhecidos.

A mesma pessoa que tinha ligado esta noite. Reconheceu a voz assim que atendeu o telefone:

— Comandante Jean Pierre?

— É o meu nome, mas não sou mais comandante, estou aposentado.

— Mas acredito que ainda tenha a habilidade para pilotar, comandante. Sou Alice Loren, lembra-se de mim?

— É claro, Mademoiselle, nunca a esqueci. Ainda me sinto em dívida para com a senhora. Em que posso ajudá-la?

— Preciso enviar alguns rapazes para o Japão. Tenho o avião, mas me falta um piloto competente. Aceita fazer algumas horas extras?

— Qual aeronave? Seria um Mirage?

— Não, um Legacy. Sua licença para pilotar continua ativa?

— Mademoiselle, renovo minha licença todos os anos. Sou o melhor piloto de Mirages que a França já teve. Mas com todo o respeito, a senhora não precisa de um piloto experiente: este avião pode ser pilotado por qualquer garoto que saiba manusear um mouse...

— Não é bem assim, comandante. Sabemos que a experiência conta, principalmente quando se trata de uma missão secreta. Posso contar com o senhor?

Aquelas palavras mágicas eram irrefutáveis. Principalmente vindas de quem as pronunciava. Provavelmente significava que alguém em algum lugar precisava ser salvo de traficantes.

— Quando devo partir?

— Imediatamente. O avião e a equipe o estarão esperando no Charles de Gaulle ás quatro, no setor executivo. Providenciarei uma remuneração à altura, quando o senhor os trouxer de volta.

E desligou. Nada a estranhar para quem foi um militar por mais de quarenta anos, acostumado a receber ordens curtas e diretas.

Assim que chegou ao aeroporto encontrou um grupo de rapazes o esperando. Eram civis que se comportavam como se fossem militares. Foi conduzido ao avião, um modelo executivo novinho cheirando a tinta, parecia que ainda não tinha voado nenhuma vez.

Seus quatro passageiros se apresentaram: um brasileiro de meia idade, cabelos grisalhos e um pouco acima do peso, ou outros três eram jovens, com menos de trinta anos: um louro alemão, um japonês e um francês. Os quatro vestiam aventais de professores sobre uma estranha roupa negra. Seu treinamento militar o impedia de fazer perguntas, mas reconheceu o mesmo tipo de armadura que vira em ação quinze anos antes. Olhou em volta procurando por um rosto conhecido, mas só havia os rapazes.

Recebeu um plano de voo já pronto. Devia seguir para o Cazaquistão, pousar em Almaty para reabastecer e decolar novamente para Tóquio. Depois descansar até a volta dos rapazes e fazer o caminho inverso. Tempo estimado naquele tipo de avião: sete horas em cada trecho, mais o tempo de espera. Devia completar a missão em aproximadamente trinta e duas horas. Parecia rotina, fácil demais. Ficou imaginando se encontrariam traficantes para dar um pouco de emoção.

Nas primeiras sete horas voando tudo transcorreu sem nada demais. Depois do reabastecimento, quando já estavam no trecho para Tóquio, o brasileiro apareceu na cabine, falando em inglês:

— Permite que lhe faça companhia? Estou sem sono e achei que o senhor gostaria de se distrair um pouco...

— Fique à vontade. É bom ter alguém para conversar, nestas viagens longas...

— Quero agradecer por ter respondido ao convite da Comandante Alice tão prontamente. Não sei o que faríamos sem o senhor...

Jean Pierre não sabia que Mademoiselle Alice Loren era uma comandante. Sabia que era uma executiva, mas sem conhecer nada da sua vida paralela. Relembrando a conversa pelo telefone, não estranhou. Houve comando naqueles poucos minutos. Mais um motivo de admiração, mais um segredo a ser guardado.

— Fiquei empolgado para pilotar esta beleza. É uma das aeronaves mais modernas em que pus a mão. Melhor até do que os Mirages que sempre pilotei.

— Chegou a pilotar na guerra?

— Sim, mas na Guerra Fria. Fiz muitas missões que não eram divulgadas, algumas bem especiais. Mas meu sonho era ter combatido na Segunda Grande Guerra, derrubando alemães. Pena que nasci depois disto...

— Penso ter lido que os Mirage são caças. Sempre pilotou caças?

— Sim, e eram os melhores. Melhores até do que os ingleses. Fico imaginando hoje, estas naves modernas, se pudessem voar armadas. Sabia que um irmão deste avião aqui derrubou um Boeing no Brasil em 2006, mesmo sem ter nenhuma arma?

— Lembro, o voo 1907. Foi muito comentado no Brasil. Um terrível acidente.

— Imagine então um avião destes armado, o que não poderia fazer...

— Nem quero pensar, principalmente se caísse em mãos erradas.

— Participei de muitas missões militares, é uma possibilidade que nunca podemos esquecer. É o senhor que está comandando esta missão?

— Não, sou apenas um consultor.

Jean Pierre também não estranhou isto. Se aquele homem estava ali conversando durante uma missão era por que não tinha nenhum treinamento militar.

— Sabe, as vezes fico pensando sobre o que contarei aos meus netos, depois que parar de voar de vez. Toda a minha vida trabalhei em missões que oficialmente não existiram, das quais nem tenho autorização para me lembrar, mesmo estando aposentado.

— Fácil, conte fantasias. Por exemplo, diga que transportou uma equipe de caçadores de vampiros, que estavam numa missão secreta para resgatar uma deusa. Crianças adoram estórias assim....

Jean Pierre sorriu. Aquela estória era tão boa quanto dizer que uma espadachim mascarada o salvou de um grupo de salteadores assassinos que se materializaram no ar....

33 — Necessidades

A cabine do avião era muito pequena para tudo o que já tinha andado. Somando todos os passos já devia ter percorrido vários quilômetros. Aquela última ligação do mestre não se encaixava com coisa nenhuma.

Disse que a armadilha funcionou perfeitamente, exceto que a aberração apareceu enlouquecida e junto com dois outros Caçadores muito violentos. Os três o atacaram ao mesmo tempo, e se não fosse Nigurin e Shonen dando a vida para defendê-lo, ele também estaria morto. Disse que seus dois generais morreram para que ele conseguisse se salvar, e que conseguiram pegar dois dos atacantes antes se serem mortos pela aberração. Informou que o avião novo foi confiscado.

Estava agora a caminho do Japão em outro avião da Red Moon, para planejar o golpe final conforme haviam combinado. Com certeza a aberração o estava seguindo.

Noboiushi ouviu tudo em silencio, mas seus instintos lhe diziam que alguma coisa não parecia certa. Aqueles dois generais nunca se sacrificariam para salvar o mestre, ele os conhecia muito bem. Ambos foram seus alunos durante o treinamento de luta. Ao primeiro sinal de perigo imediato, os dois fugiriam. E Caçadores humanos atacando o mestre ajudados pelo híbrido? Não eram tolos assim: suas melhores chances estavam em deixar o sujeito lutar sozinho contra o mestre. Nunca se envolveriam numa luta como aquela, por melhores que se julgassem. Ou havia mais Caçadores ou a luta não aconteceu conforme o mestre contou. Alguma coisa não é a verdade.

E havia outra coisa martelando sua cabeça. Alana foi capturada junto com uma bolsa feminina. Estava ali mesmo num canto da cabine, perto da maca especial. Quando a examinou, ainda na Casa de Sophie, encontrou um telefone celular e teve a ideia de usá-lo para lançar a isca. O carregador estava junto, foi só conectá-lo numa tomada para que ficasse operacional, enquanto estavam a caminho de Almaty. Mas não sabia para qual número discar.

Ficou um bom tempo folheando todos os nomes na agenda do aparelho durante a viagem. Vários números de lojas, vários nomes femininos e uns poucos masculinos. Mas um dos nomes na agenda o surpreendeu: estava escrito "Marido". Conhecia português o suficiente para saber o significado da palavra. Voltou a folhear a revista onde o mestre a tinha encontrado, procurando pelos termos "Senhor e Senhora" se referindo ao casal. Nada. Alana só era descrita como "a Secretária". Prestou atenção ao sujeito que estava ao lado dela em todas as fotos. Estava de terno, mas bastava pintar as roupas de preto para reconhecer o indivíduo que usava armaduras e exterminava vampiros. Chama-se Claudius, o fundador da sucursal brasileira da LightYear, aquele que agora o mestre chamava de "aberração".

O texto dizia que era um experiente profissional de TI que acabara de se associar aos americanos.

Não fazia sentido. Como juntar tudo aquilo com os Caçadores mantendo Alana em cativeiro e a usando para experiências? E a segunda atividade de Alana, revelada pelos relatórios dos batedores: florista!

Só via um jeito possível de tentar esclarecer alguma coisa: desobedecendo.

Seguiu até ao lado da maca onde Alana repousava, examinou as correntes garantindo que não haveria um jeito dela se soltar e fechou a entrada do anestésico que se misturava ao soro. Não fechou tudo, afinal não a queria totalmente desperta.

Demorou uns dez minutos até que Alana começou a piscar, incomodada pela iluminação da cabine. Noboiushi foi até a minuteria no painel e diminuiu a intensidade das luzes. Ao voltar para o lado da maca, havia dois lindos olhos o encarando. A boca se mexeu deixando escapar uma vozinha empolada e bastante grogue:

— Ge-ne-ral? É-o-se-nhor?

— Como vai Alana? Faz bastante tempo, ainda se lembra de mim?

— Não-esqueço-meus-amigos.... Onde estou? Porque não consigo me levantar?

— Calma, uma coisa por vez. Você ainda está muito fraca, estou cuidando de você. Salvamos você dos Caçadores...

— Caçadores? Que Caçadores? Não deixe que me peguem.... Vão me matar...

Noboiushi estranhou aquela reação, mas não se pode dizer que ficou surpreso.

— Por que iriam te matar? Não estava com eles?

— Não, nunca. Eu matei alguns dos deles, já faz bastante tempo...

Resolveu fazer outro teste:

— Agora mesmo, estão te caçando pelo mundo todo. Seu marido está do lado deles...

— Claudius com os Caçadores?

Aquele nome agiu como uma descarga elétrica, a enchendo de adrenalina e praticamente neutralizando o que ainda havia de anestésico. Alana ficou muito agitada, começando a forçar as correntes:

— Ele deve estar desesperado. Está precisando de mim. General, me solte. A quanto tempo estou aqui?

— Ainda não o tempo suficiente...

Antes que perdesse completamente o controle da situação e temendo que as correntes fossem arrebentadas, abriu novamente o anestésico deixando que fluísse livremente.

— General, não faça isso. Me solte. Ele precisa de-mim. Eu... pre-ci-so... de-le...

— Não posso te soltar. Estou cuidando de você. São minhas ordens!

Ela nem ouviu o final da frase, voltando a dormir imediatamente, anestesiada.

Noboiushi voltou a caminhar pela cabine, com a cabeça ainda mais confusa do que antes. Em uma hora pousariam em Tóquio, onde esperava encontrar o transporte e o equipamento que havia requisitado.

34 — Banho de rio

Jean Pierre pousou o Legacy no Aeroporto de Nagasaki exatamente ás dezenove horas e dez minutos de uma linda sexta-feira sem lua. A rota foi alterada durante o voo, depois de vários contatos com Paris pelo rádio telefone que os rapazes trouxeram, o último contato por volta das três da tarde. Teve oportunidade de ouvir trechos de uma conversa entre Claudius e alguém que devia ser muito importante:

— Está bem comandante. Entendido... Avisarei Ricardo.... Vão nos levar a Saga, já estão nos esperando.... Certo.

A torre de controle de Nagasaki orientou para que se dirigissem a um pátio afastado das áreas comerciais, parando próximo de onde havia um helicóptero estacionado. Assim que os quatro rapazes desembarcaram, seguiram direto para o helicóptero. Ricardo, o soldado japonês, lhe disse para aguardar no avião e descansar, até que todos voltassem. Como já havia participado de inúmeras missões deste tipo, sabia o que precisava fazer: achar alguma cama ou sofá confortável dentro do avião e esquecer do mundo, até que os soldados retornassem ou alguma autoridade viesse informar que eles nunca voltariam. Pura rotina.

Claudius sabia que Ricardo estava no comando desta EBA, ou seja lá como os japoneses a chamavam, mas era só até aquele ponto. Espério contou sobre dois helicópteros que foram obtidos por Kawasaki, o comandante da Base Tóquio, junto aos militares locais. Dois agentes que serviam no Japão e que foram treinados junto com Cora deviam assumir o comando a partir deste ponto: a russa Irina Skopova e o sul africano Andy Kuato.

Ricardo e George cumprimentaram os antigos companheiros efusivamente assim que os viram, e depois os apresentaram a Claudius e ao agente francês.

Irina era uma ruivinha baixinha com menos de 1,60, do mesmo porte de Cora, com cabelos cor de cobre cortados curtos, tipo escovinha e muitas sardas no rosto. Devia ter no máximo uns vinte e seis anos. A armadura revelava um corpo pequeno mas todo proporcional, com medidas perfeitas. Tinha penetrantes olhos castanhos e sua expressão mostrava determinação. Kuato ao seu lado era o completo contraste: negro, com 1,80 de altura, porte atlético e jeito de ator de comerciais de televisão. Os olhos e os cabelos alisados eram da mesma cor, negros brilhantes, que lhe conferiam uma aparência imponente, mesmo usando um macacão de mecânico sobre a armadura. Devia ser mais velho, mas não aparentava ter mais de vinte anos. A pigmentação sempre esconde a idade.

Os dois agentes locais estavam sérios. Sabiam das baixas em Paris. Quando ainda eram uma turma de alunos em Tel Aviv, as três meninas, Irina, Cora e Joan viviam juntas o tempo todo, eram amigas e confidentes, se protegendo como verdadeiras irmãs. Os rapazes formavam outro grupo, mas todos se respeitavam mutuamente e a perda de Cora afetava a todos da mesma maneira.

Esta OSC (Ōshū sōsaku no chīmu) seria comandada por Irina. Voaram no helicóptero até o aeroporto da cidade de Saga, na província de mesmo nome, um lugar ainda cheio de florestas e onde sempre existiram culturas de arroz. Naquele aeroporto encontraram o segundo helicóptero, que seria comandado e pilotado por Kuato. O plano era o mais simples possível: uma equipe seguiria na frente, pousaria silenciosamente numa clareira a um quilometro das ruínas e tentaria surpreender os vampiros. Em qualquer situação inesperada, o segundo aparelho voaria direto para as ruínas e a segunda equipe choveria sobre o local usando cordas de rapel.

Os últimos acertos foram feitos em Saga e a primeira aeronave decolou ás nove horas, para um voo noturno com previsão de vinte e oito minutos até a clareira. Além do piloto, levou Irina, Claudius, George, Ricardo e dois agentes japoneses, todos vestidos com armaduras, usando óculos escuros, com as Jedi a tiracolo. Os capacetes estavam no chão ao lado de cada um. Claudius notou o clima de enterro da equipe, transparente pelo impacto do acontecido com Cora. Os relatórios dos últimos sucessos dela haviam corrido o mundo e a forma estúpida como morreu não podia ser assimilada facilmente por nenhum deles.

Num certo ponto, Irina resolveu intervir. Se levantou no centro do helicóptero para chamar a atenção, como Cora já tinha feito num avião dois dias antes.

— Soldados, como comandante desta missão me sinto na obrigação de dizer algumas palavras. Sei que todos estão chateados com nossas ultimas baixas, mas quero lembrá-los de que fomos treinados para obedecer ordens da melhor forma possível. Este vampiro que vamos pegar é o responsável pelas mortes de nossos companheiros e a ordem que temos é capturá-lo e levá-lo para interrogatório. Não podemos misturar sentimentos pessoais com nossa missão. Vamos cumprir nossas ordens. E como nossa única chance contra vampiros é trabalhando em conjunto, vamos levar este vampiro para interrogatório, agindo em equipe. Eu mesma faço questão de levar a cabeça!

As últimas palavras realmente levantaram o ânimo da equipe, alguns até começaram a sorrir. Irina era realmente boa no que fazia, justificava a admiração que todos nutriam por ela. Só Claudius ficou ainda mais preocupado.

Ele entendeu que a missão deixou de ser um resgate para se tornar uma missão de extermínio. E Alana podia ficar no meio daquilo.

Quando a velocidade do aparelho começou a diminuir, ficou evidente que estavam chegando na clareira. Claudius se aproximou da porta aberta olhando para fora, para tentar se localizar. Havia memorizado os mapas aéreos da região. Mesmo sem lua, pode ver que o piloto seguia um rio, voando a cerca de cinquenta metros de altura, evitando as copas das árvores. Ao fazerem uma curva, reconheceu o local. Estavam há dois quilômetros das ruínas, separados apenas por alguns campos de arroz e um trecho de floresta.

Sem pensar, Claudius segurou com força sua espada Jedi e saltou na direção das águas geladas do rio, numa queda livre de cinquenta metros. Nem se lembrou de pegar o capacete.

35 — A criatura anti vampiro

Segurou o máximo de ar nos pulmões durante a queda e caiu em pé nas águas rasas afundando até atingir o lodo do fundo. Conseguiu firmar os pés e se impulsionar para cima, e só nesse momento se lembrou do capacete. Se o estivesse usando a armadura estaria hermeticamente fechada, fornecendo oxigênio e o protegendo da água. Sem o capacete o rio gelado inundou toda a roupa, entrando pelo pescoço até atingir os pés. Se arrepiou de frio.

Estava tremendo quando saiu da água numa margem lodosa e subiu o barranco que ladeava o rio. Os óculos e a Jedi pareciam estar funcionando normalmente, apesar de molhados por fora. Mas não tinha tempo a perder, o helicóptero continuou seu trajeto e pousaria na clareira em poucos minutos.

Mesmo pesado pela quantidade de água que a armadura absorveu, começou a correr na direção que imaginava ser a das ruínas O esforço para correr com o peso extra o aqueceu. Logo ganhou velocidade se acostumando com a situação. Quando tivesse tempo se livraria da água.

Atravessou o campo de arroz e a floresta até que chegou aos restos de um muro alto, coberto de mato. Com um pouco mais de esforço saltou para cima do muro, sem paciência para procurar uma entrada. Ajustou os óculos para que as micro câmeras revelassem a presença do inimigo, mesmo na escuridão que reinava absoluta.

Atrás do muro as imagens infravermelhas mostravam um pátio abandonado, sem nada que produzisse calor, coberto por ervas daninhas, até chegar no que parecia ser as ruínas de uma antiga construção erguida sobre palafitas. Restos de um antigo palácio estavam a cerca de quarenta metros a sua frente. Saltou do muro para o pátio, se aproximando vagarosamente das ruínas, com a Jedi ativada.

Quando estava a uns dez metros dos restos da palafita, as câmeras captaram alguma coisa: um movimento vermelho oculto pelas sombras. Seguiu naquela direção, expandindo a lâmina da espada.

Foi saudado por uma voz fria:

— Porque demorou tanto? Pensei que teria que ficar a noite toda o esperando...

— Então já está preparado para morrer, senhor Wang? Ou antes devo me ajoelhar e saudar o Imperador dos Vampiros?

Shogun estacou. A aberração sabia mais do que devia. Mais um motivo para não sair vivo dali.

— Quem vai morrer é o senhor. Já me deu muito prejuízo. Destruiu meus negócios, matou uma das minhas noivas e quer me roubar outra.

— Errado. Não vim roubar nada, só quero que devolva minha esposa.

— Que palhaçada está dizendo? Alana é e sempre será minha noiva, fui eu quem a criou. Ela me pertence.

— Errado de novo, você não acerta uma? Ela te abandonou cem anos atrás, sobreviveu sozinha e está casada comigo, por decisão do destino. Não pertence a ninguém...

— Mentira! Seus amigos Caçadores a pegaram e a usaram para criar você, uma aberração. Ela nunca me abandonaria.

— Shogun, você é um demente. Como quer ser Imperador, se não passa de um idiota?

Aquilo foi a gota d'água. Shogun se atirou contra Claudius, tentando acertá-lo com sua espada enfeitada com pedras preciosas. Mas seu oponente já estava preparado para o ataque, usou sua própria espada para aparar o golpe, saltou para o lado e contra-atacou. O barulho do choque das espadas reverberou longe. Continuaram trocando golpes pelos cinco minutos seguintes, ora um atacando, ora outro, ambos tentando usar da melhor maneira as suas habilidades especiais. Nenhum se cansava, graças ao metabolismo regenerativo.

Num certo ponto Shogun percebeu que seu adversário estava mais lento e mais pesado do que na última luta, apesar de ainda ser rápido e forte. Decidiu mudar de estratégia, para pôr fim àquele duelo, talvez sem precisar chamar sua arma secreta:

— Já chega de brincar. Como quer morrer? Sem cabeça como seu amiguinho ou sem pescoço como a loirinha?

A lembrança da última luta irritou Claudius, que se jogou desesperado contra Shogun tentando acertá-lo de qualquer jeito. O vampiro já esperava a reação e contra-atacou com toda a força. Claudius ainda conseguiu se desviar no último instante, mas a espada do vampiro atingiu sua perna em cheio, na coxa direita, com tanta força que rachou a armadura. Sentiu que sua perna foi ferida, e que precisaria de alguns minutos para se regenerar. Se jogou rolando no chão, tentando se afastar do atacante.

Shogun captou a vantagem. Provocou mais um pouco:

— Você não tem chance, aberração. Vou matá-lo de uma forma bem dolorosa. Depois vou acabar com Alana, ela está contaminada se teve qualquer coisa com você...

Em seguida fez uma expressão enojada, ao olhar para a perna de Claudius. A aberração estava sangrando... água. Aquela criatura foi criada para ser imune a vampiros: não tinha sangue, tinha água nas veias.... Mais um motivo para morrer imediatamente.

Aproveitando que o oponente estava no chão, levantou a espada e preparou outro golpe com toda a força, mirando a cabeça da aberração. Desta vez não havia como aquilo se defender. Desferiu o golpe.

Clang!

Uma espada surgiu do nada aparando o ataque. Um pé surgiu do nada e acertou o peito do Shogun, lançando-o de costas a vários metros de distância. Ele resfolegava ao dizer:

— Noboiushi, o que está fazendo?

Claudius viu o enorme vampiro japonês que se materializou à sua frente, devia ter 1,90 de altura, vestido com um fino terno italiano feito sob medida, gravata de seda azul escura, usando um agradável perfume francês e que tinha uma expressão de dar medo.

O general assistiu toda a batalha, oculto nas sombras. Ouviu tudo. Compreendeu o que estava acontecendo. Aquele sujeito, Claudius, atravessou o mundo para salvar Alana. Enfrentou o Imperador dos Vampiros sem medo. Matou vampiros e destruiu casas, procurando por sua esposa. Precisava dela e ela precisava dele. Devia ter a capacidade de fazê-la voltar a sorrir. A última frase do mestre, dizendo que ela seria destruída, o fez compreender. Aquela menina é a resposta que procurou por quatrocentos anos. Sua oportunidade de morrer dignamente. Virou-se para Claudius:

— Alana está no que restou do calabouço, última cela à esquerda. Leve-a daqui, rápido, e cuide muito bem dela, ou se verá comigo!

E para Shogun:

— Só estou recuperando minha honra, mestre!

Partiu para cima do estupefato vampiro, que se defendia de qualquer jeito, como podia, sendo empurrado para longe de Claudius.

36 — Cheiro de brejo

Claudius não perdeu tempo, mesmo surpreso com o desenrolar da situação. Aproveitou enquanto os vampiros se afastavam, pegou sua Jedi e correu para os fundos das ruínas, onde devia ficar o calabouço. Nem sentia mais a perna ferida. Viu os restos de uma construção de pedra e uma abertura que devia ser a entrada. Desceu para o pavimento inferior, um longo corredor com celas dos dois lados. No fundo, à esquerda, uma estava iluminada.

Alana estava deitada numa cama de campanha, um modelo que devia ser usado por tropas de infantaria. Vários equipamentos portáteis de manutenção de vida estavam conectados em seu corpo, incluindo duas agulhas espetadas em seus braços injetando soro e anestésicos. A iluminação vinha das telas dos equipamentos e de um lampião preso numa das paredes. Ela estava coberta por uma colcha térmica, que foi retirada com cuidado, para não a ferir.

Sob a colcha, os braços, pernas e tronco estavam presos por correntes, mas o molho de chaves repousava numa mesinha no canto e ele rapidamente abriu todos os cadeados. As agulhas foram retiradas com cuidado e a pele imediatamente se fechou sobre os furos, não deixando nenhuma cicatriz.

Estava vestida com uma camisola de hospital. Claudius examinou o conhecido e adorado corpo a procura de ferimentos, já sabendo que não encontraria nenhuma marca ou cicatriz. Impossível descobrir se ela foi mordida, antes que acordasse.

Apanhou a colcha novamente e a enrolou cuidadosamente em volta do corpo adormecido. Pegou Alana no colo e a aconchegou de encontro ao próprio peito, deixando a Jedi ligada sobre a cama, com o cabo na direção da entrada. O LED amarelo se acendeu imediatamente. Em três minutos se tornaria vermelho acionando o GPS que traria Kuato direto para cima de suas cabeças. Se algum vampiro viesse até a cela antes disto, havia uma grande chance da lamina reversa fazer um bom estrago.

Colocou novamente os óculos e saiu do calabouço com cuidado, carregando nos braços o tesouro mais valioso do mundo. Ainda ouvia os choques das espadas no pátio. Correu na direção do muro e saltou para cima dele, mantendo o equilíbrio para saltar para o outro lado. Antes de descer, as câmeras dos óculos revelaram algumas manchas azuis se aproximando dentro da floresta próxima.

Correu na direção de Irina e dos rapazes.

— Tem dois vampiros duelando lá dentro. Encontrei Alana, vou levá-la para o helicóptero.

E disparou pelo caminho de volta, antes mesmo que a equipe tivesse tempo de abrir a boca.

Gastou alguns minutos até localizar e chegar à clareira. Por pouco não foi atacado pelo piloto que guardava o local. Depois que se identificou como o Agente Claudius e informou estar com a refém resgatada, foi autorizado a entrar na aeronave para esperar os demais.

Depois de cinco minutos sentado segurando Alana no colo, sua adrenalina começou a diminuir e foi invadido pela emoção. Seus olhos se encheram de lágrimas, ao observar a respiração calma da mulher adormecida com a cabeça encostada em seu peito. Se não estivesse usando a armadura poderia sentir o calor do corpo de sua deusa. Os olhos dela começaram a piscar, quando o sangue dela neutralizou parte dos anestésicos. Em mais alguns minutos estaria completamente desperta.

Assim que reconheceu o rosto que a observava quase chorando, começou a balbuciar algumas palavras desconexas, ainda grogue pelos remédios:

— Amor... eu-quero... eu-preciso... agora...

E tentava soltar os braços, ainda enrolada pela colcha térmica.

Claudius não sabia o que pensar, ansioso e assustado sem saber do que ela estava falando. Mas era Alana, sua esposa, a quem nunca negaria nada. Afrouxou a colcha para que ela liberasse as mãos. Uma delas seguiu imediatamente para trás do seu pescoço, o puxando. Virou o rosto, se oferecendo para a mordida.

A mão escorregou para seu queixo e o puxou de volta. Alana atacou sua boca, lhe dando o beijo mais apaixonado do mundo. Suas almas imediatamente reconheceram o contato, inundando os dois corpos com ondas de energia, poderosas como explosões. Ficaram outros cinco minutos se beijando e recarregando as baterias com o amor que cada um transmitia para o outro. Foram despertados pelo ronco de um helicóptero que passou disparado por cima de suas cabeças, indo planar um quilometro mais para a frente. Alana perguntou o que foi aquilo.

— A equipe de apoio. Não se preocupe, são nossos amigos. Vieram nos ajudar.

Continuaram se beijando pelos muitos minutos seguintes, até que ouviram vozes se aproximando. Claudius soltou sua amada, permitindo que ela se sentasse ao seu lado, ainda enrolada na colcha térmica e já completamente desperta.

Irina foi a primeira a entrar. Ao contrário de Claudius e Alana, que estavam tranquilos e sorridentes, a comandante da missão estava séria e irritada, bufando de raiva.

— Encontramos sinais de luta, mas nenhum vampiro. Os malditos fugiram de novo. Aí está sua Jedi, recuperamos para você... e esta bolsa.

Atirou a espada desligada, que Claudius apanhou no ar, e a bolsa de Alana no colo de Claudius. Parecia não ter reparado na nova passageira. Claudius fez as apresentações:

— Amor, esta é Irina, a comandante desta missão. Comandante, antes de qualquer coisa, quero lhe parabenizar pelo sucesso absoluto da sua missão. Esta é Alana, a refém dos vampiros que todas as bases do mundo estavam procurando e que foi resgatada sã e salva por você e sua equipe. Vocês são literalmente a melhor equipe do mundo.

Os outros agentes chegaram a tempo de ouvir a declaração. Até ouvir aquilo, pensavam que tinham fracassado. Irina estava sem fala, procurando algo para dizer. Alana olhou em volta e fez uma pergunta:

— Querido, o que é isto que está vestindo?

— É uma armadura de combate dos Caçadores.

— Que coisa horrível! Tem cheiro de brejo!

A Comandante agora riu. Também sentiu o cheiro e só podia concordar. Todos os agentes começaram a ocupar seus lugares, também sorrindo. Para aquela parte da equipe, a missão estava terminada.

Decolaram imediatamente, de volta para o aeroporto de Saga. Irina informou que Kuato pousaria na clareira para recolher o outro grupo e logo se encontrariam. Durante a meia hora do voo Claudius atualizou Alana superficialmente sobre o que havia acontecido na última semana, desde que os vampiros a raptaram em São Paulo. Irina acompanhava o relato atentamente, sem interferir. Ele contou que agora era um Caçador Consultor, falou das casas destruídas e falou da Agente Cora, que o havia treinado em poucos dias, o que deixou Irina novamente séria e tristonha.

Quando citou o vampiro alto e bem vestido que libertou Alana, a comandante mostrou interesse. Pediu detalhes. Foi Alana quem completou:

— O General Noboiushi sempre foi o braço direito de Shogun, era o vampiro mais violento, o mais leal e o mais perigoso. E sempre me protegeu e me treinou, eu nunca soube o motivo. Essa atitude é completamente inesperada, uma traição que nunca será perdoada por Shogun. Eu gostaria de poder conversar com ele, acho que tenho uma dívida.

— Vou registrar isto em meu relatório. O Comandante Espério sempre quer saber de tudo o que foge dos padrões, principalmente agora, depois que vocês dois apareceram.

Claudius sentiu que Irina era de confiança, como Cora já havia sugerido. Não resistiu a desobedecer mais uma ordem. Puxou Irina mais para perto e cochichou em seu ouvido, sabendo que Alana podia ouvir:

— Isto é confidencial, Espério não quer divulgar até ter certeza. Existe uma chance de que Cora não esteja morta. Vamos saber assim que chegarmos a Paris.

Irina arregalou seus atentos olhos castanhos.

— Entendo, eu agiria da mesma forma.

Em seguida chamou por um dos seus agentes, passando uma nova ordem:

— Comunique nosso comandante que vou escoltar nossa refém até Paris. Voltarei em poucos dias, depois que ela estiver segura.

Esta é uma das qualidades conhecidas da grande Agente Irina, a que já foi uma pequenina estudante: toma decisões e as executa imediatamente.

37 — Adolescentes

Em quase todos os aspectos o centro de treinamento parecia um colégio interno como qualquer outro. A única diferença era a matéria em que todos sairiam formados: seriam exterminadores dos monstros que de uma forma ou de outra eram os culpados pela existência dos alunos.

Estavam na metade de 2003, faltando ainda dois anos e meio para terminar o treinamento.

Irina Skopova, a jovem russa com apenas quinze anos era a mais nova da turma e ainda se sentia perdida. As outras duas meninas, Joan Smith e Coraline Lorde, já tinham dezesseis, e os rapazes eram mais velhos: Andy Kuato tinha dezessete, Steve York e

George Schuls tinham dezoito, e Ricardo Suzuka, o mais velho, faria dezenove no mês seguinte.

Ela se sentia a patinha feia daquela turma: era raquítica, magra e baixinha, cheia de sardas, sempre cortava seus cabelos ruivos bem curtinhos, porque se os deixasse compridos ficariam completamente horríveis, e não tinha nenhuma habilidade que a destacasse. Suas duas amigas e companheiras eram bem diferentes, embora as três se tratassem como irmãs. Joan, a inglesa, sabia usar beleza e simpatia para conseguir qualquer coisa, sempre cativante. Cora, a brasileira, era uma ginasta olímpica, ágil e inteligente, que se destacava não só nas atividades físicas, mas também naquelas que exigiam maior aplicação.

Até os rapazes tinham alguma coisa que os destacava. Kuato, o sul africano, parecia um modelo de beleza negra, com seu porte atlético e seu sorriso sempre cativante. Estava no treinamento errado, deveria ser ator de cinema. George, o alemão, e Ricardo, o japonês, eram mais do tipo comum, mas eram os amigos que todo mundo queria ter, sempre dispostos a ajudar em qualquer situação e muito aplicados em tudo o que faziam. Talvez se destacassem mais se não vivessem na sombra de Steve, o americano metidão, considerado o gênio da turma, magro e alto, com o maior QI da equipe. Tanto que estava se especializando em contraespionagem, a matéria que exigia muito mais da capacidade intelectual de quem a praticava, e que os outros assistiam porque eram obrigados.

E toda a situação a deixava sem saber onde ficava. Não tinha nada para se destacar.

O único a perceber que ela não estava confortável foi o Mestre Hsu, o professor de artes marciais e luta corporal. Uma semana antes, ele a tinha questionado, depois de atirá-la ao chão numa aula individual de Jiu-jitsu:

— O que está errado, Pequenina? Estou vendo você muito dispersiva.

— Não é nada, Mestre.

— Nada é uma coisa que não existe. Alguma coisa te está incomodando. Se você não reconhece seu inimigo, ele cresce e se torna invencível. O que você não quer enfrentar?

Mestre Hsu era um velho chinês treinado em práticas hinduístas, mestre não apenas de técnicas de luta, mas também profundo conhecedor da alma humana. Era inútil tentar esconder alguma coisa dele.

— É uma coisa pessoal, Mestre. Não me sinto à altura dos meus companheiros. Todos eles têm alguma qualidade, enquanto eu não tenho nada para mostrar.

— Isto não é verdade. Você tem uma coisa que nenhum deles tem: sua mente. Use-a em seu favor.

— Não entendo, Mestre. Eles têm habilidades e atributos que eu não posso simplesmente copiar.

— Veja direito. O que seus companheiros fazem que os destacam? Por exemplo, o que destaca Cora?

— Ela é uma ginasta. Tem equilíbrio, leveza, agilidade. Foi muito bem treinada.

— E o que impede você de fazer o mesmo? O que te impede de aprender com ela? E quanto a Joan?

— Joan é muito bonita e cativante.

— Roce também é. Apenas tem uma beleza diferente da dela. Aprenda como ela age, como usa a simpatia. E Steve?

— Tem um QI muito alto, é muito inteligente e presta atenção em todos os detalhes.

— O que te impede de fazer a mesma coisa?

— Acho que estou entendendo. Devo observar o que cada um faz de melhor e aprender com eles. É isto?

— Aprender com os outros não é errado, desde que seja para o bem. Não tire nada deles, acrescente. Sua capacidade de aprender é que vai te destacar e te mostrar o seu lugar.

Depois da conversa, o treinamento dela mudou. Passou a ficar mais interessante. Pediu para Cora lhe ensinar um pouco de ginástica. Descobriu que ser raquítica e magra era uma vantagem, até para andar em traves de dez centímetros de largura, ajudada pelos treinos de artes marciais. Em pouco tempo já conseguia saltar sobre as traves. Treinar com fitas, bolas e aros também melhorou sua agilidade, equilíbrio e força. Aprendeu a sorrir e a conversar, sempre prestando atenção aos mínimos detalhes, tentando memorizar o máximo que conseguia. O treinamento mental se tornou um hábito.

Enquanto ela amadurecia, os outros estudantes continuavam adolescentes. Nem parecia que só tinha quinze anos. Graças ás recém desenvolvidas habilidades, conversava e cativava todos os demais estudantes, mesmo os das outras equipes. Prestando atenção aos detalhes, percebia as brincadeiras que os outros planejavam e que nem sempre eram bem aceitas pela maioria.

Foi assim que percebeu que os rapazes da sua turma estavam planejando algo, pouco antes do natal. Os quatro eram vistos sempre juntos, confabulando em voz baixa. E mudavam de atitude quando uma das três garotas aparecia.

Não falou nada para as companheiras, mas passou a vigiá-los. Como Steve devia ser o cabeça, era quem recebia a maior parte da atenção. As meninas perceberam o interesse dela pelos rapazes, mas não entenderam. Sem se dar conta do motivo, notou uma mudança de atitude repentina em Cora, que passou a evitá-la. Apenas meses mais tarde ficou sabendo que Cora tinha ciúmes.

O melhor lugar para vigiar o americano era nas aulas de contraespionagem. Foi onde percebeu que ele estava desviando alguns equipamentos, alegando trabalho de casa. Resolveu jogar o mesmo jogo. Requisitou microfones espiões e os plantou nas mochilas dos quatro.

Na mesma noite, ao ouvir as gravações ficou sabendo de coisas interessantes. Fez uma varredura em seu próprio alojamento, se certificando de que também não estava grampeado e chamou Joan e Cora para contar a descoberta.

— Meninas, está na hora de vocês saberem o que descobri.

Joan foi a primeira a se interessar, Cora permaneceu calada.

— Do que está falando, Irina?

— Dos rapazes. Estão planejando nos pregar uma peça, antes do ano novo.

— Como assim?

— Steve conseguiu câmeras de espionagem. Vai plantá-las em nosso dormitório, em nosso chuveiro.

Cora arregalou os olhos e entrou na conversa:

— Como você sabe disto? Ele te contou?

— Gravei uma conversa deles, com espias que plantei hoje de manhã. Querem ouvir?

A gravação de três minutos revelava Steve dizendo que já tinha programado as duas câmeras que tinha e que só faltava instalá-las. O transmissor estava regulado para enviar o sinal criptografado direto para o dormitório deles, impedindo que qualquer outro aluno o interceptasse. Até se gabou dizendo a frequência e o código usado. A voz de Ricardo se propôs a instalar as câmeras enquanto as meninas estivessem ocupadas durante o almoço de natal.

Todas ficaram indignadas. Joan se manifestou:

— Que cafajestes! Querem nos ver tomando banho!

Cora completou:

— Vamos entregá-los para os professores. Eles vão ver....

Irina se opôs:

— Não, teríamos que contar como descobrimos. Eu também seria punida.

Joan não escondia o nervosismo:

— O que sugere? Não podemos deixar que eles continuem com isso.

— É exatamente isso: vamos deixar que eles continuem. Mas com algumas alterações. Posso contar com vocês?

As duas responderam ao mesmo tempo:

— Pode.

— Joan, ainda tem aquele gravador VHS?

— Sim, faz tempo que não uso.

— Cora, me ajuda num passeio? Preciso que você vá comigo a um lugar de difícil acesso. Precisamos ter muito equilíbrio

— Claro, mas para fazer o quê?

— Plantar uma câmera de espionagem. Sambem consegui uma.

As três ficaram o resto da noite planejando e fazendo preparativos. Executaram a primeira fase do plano já no dia seguinte. Mais dois dias e executaram a segunda fase, se divertindo muito.

No dia de Natal as três estavam vigiando os rapazes, discretamente. Logo que perceberam que Ricardo terminou de instalar as câmeras, Joan e Cora foram distraí-los, enquanto Irina voltou ao dormitório para completar a terceira fase. Depois ela se juntou ao grupo e permaneceram juntos pelo resto do dia, aproveitando o feriado.

Se separaram quando escureceu. Quando Joan mencionou que estavam cansadas e precisavam de um bom banho antes de se deitarem, puderam observar a excitação que os rapazes mal podiam esconder. Eles também se dirigiram diretamente para o alojamento deles.

Os rapazes não tinham um gravador de vídeo. Planejavam obter imagens ao vivo. Calcularam o tempo para que uma das garotas estivesse no chuveiro e acionaram uma das câmeras, remotamente. Surpresa! O espetáculo que assistiram não era o que estavam esperando: a tela do monitor portátil deles mostrou uma pessoa nua tomando banho, mas não era nenhuma das meninas. Era Kuato.

Sem saber o que estava acontecendo, trocaram para a segunda câmera. Apareceu outro nudista se banhando: Ricardo. Desligaram as câmeras e as ligaram novamente, procurando pelo defeito. Cada vez que uma era ligada as imagens se alternavam, mostrando os quatro rapazes no chuveiro, um por vez.

Os três queriam bater em Steve, pedindo explicações. Ele mesmo não entendia o que saiu errado. Depois de uma hora de discussões, começaram a analisar friamente a situação, apelando para o treino que todos tinham.

Steve verificou o angulo e a distância das imagens e conseguiu encontrar a câmera que fez as gravações. Não havia sinais de como foi colocada no local e na altura em que estava, o que indicava serviço de profissionais. O curioso era que o modelo da câmera e do transmissor remoto, era exatamente igual ao que ele havia usado. Só a frequência e o código de encriptação estavam diferentes. Não satisfeito, precisava saber como foi colocada. George sugeriu o obvio: se não foi por baixo, só pode ter sido por cima.

Fizeram uma escada humana para examinar o forro do alojamento, onde o madeirame era aparente. Não demorou para encontrarem os dois pares de pegadas feitas por pés pequenos na poeira acumulada. Somente duas pessoas tinham agilidade para escalar o telhado, andar em traves de dez centímetros e coragem para se pendurar de cabeça para baixo e plantar uma câmera naquela altura.

Tiveram que admitir a derrota. As meninas não apenas descobriram as intenções deles, como retribuíram na mesma moeda e com méritos. Se aquilo fosse uma prova de contraespionagem a nota máxima seria delas. E sem barulho.

No dia seguinte, os quatro procuraram as garotas para se desculpar, envergonhados e derrotados. Prometeram que nunca mais fariam nada semelhante.

As meninas aceitaram as desculpas, já que não podiam divulgar nada daquilo, para que elas mesmas não fossem punidas. Joan disse que guardaria a fita com as imagens gravadas, como medida de segurança, caso alguém pensasse em revanche.

Steve engoliu o orgulho ferido e quis saber como elas redirecionaram as imagens. Cora estava orgulhosa ao contar que a ideia foi de Irina, mas que foi ela quem adaptou novos transmissores para que disparassem o gravador de VHS quando fossem acionados. Irina só precisou desativar o equipamento instalado por Ricardo e ativar os que estavam na saída do gravador, programados na mesma frequência. Confessou que a parte mais perigosa foi quando ela e Irina colocaram a câmera, caminhando pelas madeiras do telhado, mas a parte mais divertida foi quando as três gravaram os banhos. Ficou toda ruborizada ao contar, mas se negou a dizer qual delas gravou qual banho.

Como a brincadeira terminou sem maiores consequências, a amizade entre o grupo não foi abalada. Pelo contrário, saiu fortalecida.

Os sete adolescentes aprenderam que podiam fazer qualquer coisa quando atuassem em conjunto, um protegendo e ajudando o outro, mesmo em atividades consideradas impróprias. Este era o espírito do treinamento que recebiam.

Aprenderam também a respeitar Irina, a caçula que descobriu o plano, planejou a contraofensiva, executou partes perigosas, protegeu seus amigos e já revelava uma capacidade nata de liderança.

Na semana anterior à formatura, em 2005, Mestre Hsu convocou Irina para uma despedida:

— Soube pelos outros professores que sua turma será homenageada como uma das melhores que já tivemos. Está satisfeita com a sua participação, Pequenina?

— Mestre, isto só foi possível graças ao senhor. Nunca vou me esquecer das suas sábias palavras.

— Então não posso mais te chamar de Pequenina. Sua resposta mostra que descobriu sua própria grandeza.

— Me sinto honrada por ter me chamado assim. Sempre serei Pequenina comparada ao Mestre.

— Sempre não. Chegará um dia em que você será maior do que eu. Tenho um presente para você.

Estendeu um pequeno embrulho para Irina. Um livro. Ela abriu o pacote e leu o título: "A Arte da Guerra".

O Mestre informou:

— Este tratado foi escrito a mais de dois mil e quinhentos anos, pelo general chinês Sun Tzu. Preste atenção aos ensinamentos e ele te ajudará a subir a escada que te espera. Aqui foi só o primeiro degrau.

Na semana seguinte os sete foram diplomados numa cerimônia que reconheceu as capacidades impares de cada um, incluindo a mais baixinha, que um dia seria a maior dos sete.

38 — O sorriso da deusa

Jean Pierre estava cochilando na cabine do Legacy. Foi acordado pelo barulho do helicóptero manobrando para pousar. De onde estava pode ver que o primeiro a desembarcar seria o senhor Claudius, que já estava na porta do helicóptero segurando alguém no colo.

Quando o trem de pouso dos recém-chegados tocou o solo, ele se levantou do assento e foi recepcionar os rapazes. Ao chegar na cabine dos passageiros, não acreditou ao ver que um casal já se encontrava lá. Era impossível.

Claudius ainda usava a armadura negra, toda suja e danificada na perna. Ao seu lado, sentada numa das poltronas, uma linda e jovem japonesinha estava enrolada em um cobertor térmico. Os dois sorriam como adolescentes, embora o sorriso dela fosse indescritível.

— Esta é Alana, Comandante, minha futura esposa. Ela vai conosco para Paris. Querida, o Comandante Jean Pierre, o melhor piloto de caças de toda a França...

Jean Pierre ficou encabulado com o elogio. Respondeu em inglês:

— Seja bem-vinda, senhorita. Se me permitem a intromissão, fiz uma inspeção neste avião e encontrei duas cabines mais ao fundo que parecem quartos de hotel, inclusive com chuveiros. Nos armários próximos da cauda tem roupas extras para a tripulação, caso estejam interessados...

O casal sorriu mais ainda, era uma boa notícia. Jean Pierre ficou ainda mais surpreso quando a senhorita lhe respondeu no mais perfeito francês:

— Vous êtes très gentille. Nous sommes sûrs que nous aurons un voyage très agréable. (O senhor é muito gentil. Temos certeza que faremos uma viagem muito agradável.)

Os outros três rapazes chegaram e subiram a bordo, acompanhados por outra jovem, uma ruivinha sardenta, que também usava aquele estranho tipo de armadura, coberta por um macacão.

Claudius e Alana foram procurar um dos chuveiros e roupas limpas antes mesmo do avião decolar.

Irina dispensou o Agente Maciel que foi dormir em uma das cabines, mas reteve seus antigos amigos Ricardo e George para uma conversa, sentados em volta de uma mesa na cabine.

— O que realmente aconteceu com Cora? Tem alguma coisa que não foi divulgada?

George permanecia calado, enquanto Ricardo estava com vontade de falar. Respondeu baixinho em japonês:

— Tem alguma coisa estranha, mas não sabemos o que é. Claudius, Cora e Pierre foram sozinhos atrás de Shogun. As Jedi deram o alarme, mas não encontramos os corpos dela e nem o de Claudius no local. Ele apareceu mais tarde na base, todo sujo de sangue.

— Então existe uma chance de Cora não estar morta? Acham que ela foi capturada? Ou foi Claudius que a matou e escondeu o corpo?

— Tudo parece ser possível, depois que Claudius se juntou a nós. Ele estava transtornado, mas não acho que atacou Cora. É outra coisa.

George entrou na conversa, em inglês.

— Steve foi convocado às pressas, para voltar a Paris. Pelo que ouvi dizer, a pedido de Claudius. Pensei que ia se juntar a nós nesta missão, mas partimos antes que ele chegasse.

— Então a peça chave neste mistério é Claudius.

Outra voz repentinamente se juntou a conversa:

— É verdade. Eu sei o que está acontecendo!

A resposta foi dada por Claudius que se materializou na frente dos três, acompanhado de Alana, ambos surgindo do nada. Estavam vestidos como Comissários de Bordo, roupas e gravatas azuis sobre camisas brancas. O uniforme de Claudius parecia um pouco apertado, mas lhe caía melhor do que a armadura. Alana parecia uma aeromoça típica, inclusive usando uma boina.

— Desculpem, mas temos ouvidos apurados. Não pudemos deixar de ouvir sua conversa. E Alana fala japonês e inglês fluentemente. Posso explicar a situação, embora Espério tenha ordenado para não contar nada.

Os rapazes já tinham visto aparições daquele jeito, mas para Irina era a primeira vez. Ela se recuperou do susto com um comentário:

— Se vai te trazer problemas, não conte nada. Vamos descobrir sozinhos.

— Não, acho que vocês têm o direito de saber. E Alana também, conto com o apoio dela.

Todos aguardavam, atentos.

— Shogun nos armou uma emboscada. Tinha mais dois guarda-costas nos esperando. Enquanto eu lutava com ele, acho que Cora matou um, mas foi surpreendida pelo que matou Pierre. Eu peguei o desgraçado enquanto Shogun fugiu, mas ela foi mordida e não resistiu. Morreu nos meus braços.

Irina deu um murro na mesa:

— Como assim? Você me disse que havia uma chance dela não estar morta.

— Mais ou menos. Ainda existe uma chance de trazê-la de volta...

Irina estava cada vez mais nervosa. Parecia Espério.

— Está insinuando que vão deixá-la se transformar? Nossa amiga vai virar uma vampira, nossa inimiga?

— Uma vampira, sim, mas só por alguns minutos. Inimiga, nunca.

Alana entrou na conversa:

— Querido, você não contou?

— Sim, amor, contei. Irina, como já disse para Espério, eu me apaixonei por Alana quando ainda era uma vampira. Estou apaixonado até hoje, cada dia mais...

Alana completou, sorrindo:

— E isto foi o que me salvou. Quando bebi o sangue apaixonado de Claudius, eu me curei, mas o transformei. Também me apaixonei e lhe dei meu próprio sangue para curá-lo. Amor, ela estava amando alguém?

Os três se anteciparam e responderam ao mesmo tempo:

— Steve!

— Exato. Acredito que neste momento Steve já deve ter se oferecido para salvá-la e ela já deve estar curada. Quando a transformação dele se completar, Cora também vai salvá-lo. Amor, desculpe, mas não seremos mais os únicos especiais...

— Eu imaginei que isto aconteceria, mais cedo ou mais tarde. E acho que outros virão. Quero conhecer este casal, acho que temos muita coisa em comum.

Irina ficou pensativa, como Espério:

— Se isto for verdade, muitos dos nossos protocolos terão que ser revistos.

Depois da escala para reabastecimento novamente em Almaty, Alana convenceu Claudius a ir dormir um pouco numa das cabines. Ele ainda tentou resistir:

— Não quero sair de perto de você, senti muito sua falta.

— Eu estarei aqui, fico cuidando de você. Disse que está a mais de uma semana sem dormir. Eu, pelo contrário, fui obrigada a dormir por uma semana inteira. É sua vez, por algumas horas. Eu te protejo.

— Fique comigo, até eu pegar no sono.

Ele demorou menos de meia hora para adormecer embalado por Morfeu, pelo cansaço mental e pelo cafuné que sua amada fazia, deitada sobre seu peito.

Alana aproveitou as horas restantes de viagem para conversar com a equipe, se atualizando sobre os últimos cem anos, sobre a última semana e sobre as atividades de seus antigos e dos atuais inimigos. Falava em alemão com George, em francês com Maciel e Jean Pierre e em japonês com Ricardo e Irina. Quando Irina a desafiou, ficaram quase meia hora conversando em russo. Todos estavam impressionados e maravilhados com sua simpatia e com algumas estórias que contou, de sua vivência de quase trezentos anos.

Já se consideravam amigos de longa data quando o Legacy pousou no Charles de Gaulle, por volta das vinte horas do sábado. Quando Claudius foi se despedir de Jean Pierre, este lhe fez uma pergunta:

— Senhor Claudius, aquela estória para meus netos, posso incluir que a deusa é maravilhosa e que sorriu para mim?

Alana Ghosten e o Resgate da Deusa

Parte 7 — Consequências

39 — Novos deuses

Segundo as contas de Claudius faltava cerca de duas horas para Steve despertar. Todos queriam ir direto do aeroporto para o hotel, se atualizar. Maciel usou seu celular e ligou para a base pedindo instruções.

As ordens foram para que os agentes seguissem direto para a base, para fazerem os relatórios.

Claudius protestou. Pediu que Maciel ligasse direto para o celular da Comandante Alice:

— Comandante, acabamos de chegar. Como Cora está se sentindo? Alana está aqui, ela pode conversar com Cora nesta fase final, passar as últimas instruções. Vamos direto para o hotel.

Irina não deixou que ele desligasse, tomou o telefone das mãos dele, usando um golpe de defesa pessoal:

— Comandante Loren, é a Agente Irina. Estou escoltando Alana, não sairei do lado dela até que esteja segura. Vou com ela para o hotel!

Os rapazes também queriam ir, mas não tinham peito para desafiar os comandantes, como aqueles três estavam fazendo. Irina era conhecida por nunca voltar atrás nas decisões que tomava. Tiveram que se conformar em voltar para a base. Maciel estava com seu carro dentro do aeroporto, ofereceu carona embora fossem seis pessoas. Seria mais rápido do que seguir até a área de desembarque e chamar um táxi. Se bem que caminhar pelo aeroporto não seria adequado para um casal de comissários, escoltados por uma ruivinha de macacão e três professores vestindo armaduras e carregando bolas de boliche.

Claudius resolveu o impasse:

— Conheço o caminho daqui até o hotel, levei Cora desacordada até lá.

Se virou para Alana:

— Querida, me daria a honra de correr ao meu lado, se exercitando ao ar livre?

— Correr pelas ruas de Paris num sábado à noite? Duvido que algum turista já tenha tido este prazer. Vamos!

— Mas e eu?

Irina pensou que seria esquecida. Claudius rapidamente a pegou no colo e dispararam pelas ruas. Eram apenas quatorze quilômetros, mas foi uma experiência inesquecível ser carregada por alguém que corria naquela velocidade. Sentia o vento no rosto como se estivesse sobre uma motocicleta a trezentos quilômetros por hora. A armadura protegeu seu corpo da pressão do ar.

Em poucos minutos estavam no saguão do hotel. Alana se divertia com as novas atitudes do marido.

Havia muitos agentes guardando os corredores. Num primeiro momento tentaram impedir a entrada do casal de comissários de bordo, mas Irina ainda estava de armadura e armada com seu equipamento de combate e logo dominou a situação dando ordens com sua seriedade habitual. A fama da ruivinha era conhecida e o sucesso do resgate já tinha sido divulgado para o mundo todo. Deduziram que o casal devia ser o marido da vampira e a ex-refém.

Foram conduzidos até a presença da Comandante Alice. Como Claudius havia deixado Cora em seu próprio quarto, que agora estava ocupado por Steve, aquele quarto que foi reservado para Cora ficou vago e foi usado pela comandante como quartel general durante toda a crise.

Alice se levantou do sofá onde estava sentada, para cumprimentar os recém-chegados, em especial Irina, companheira de algumas missões em que combateram juntas. Parabenizou a todos pelo sucesso do resgate. Mandou chamar Cora, que não queria sair do quarto em frente desde que acordou. Tudo aconteceu conforme Claudius previu, mas Cora ainda estava muito nervosa.

Assim que soube da presença de Claudius, ela veio correndo ao encontro dele. Mas inexperiente com sua nova velocidade, tropeçou na porta e praticamente se jogou para cima do amigo. Claudius a segurou no ar e a deteve em um abraço apertado para que não se machucasse.

Alana não gostou nada daquilo. Primeiro a carona de Irina, agora Cora se atirando para abraçar seu marido. Assim que Claudius se desvencilhou da garota, ela se posicionou ao lado dele segurando seu braço, numa clara intenção de marcar terreno, antes que a linda comandante Alice também tivesse a ideia de sair dando abraços.

Cora começou a chorar. Nem sequer notou a presença das outras mulheres.

— Eu matei Steve.... Não sei o que deu em mim, não consegui evitar...

Só então percebeu a presença de Alana, pendurada no braço de Claudius. Se atirou na direção dela, a abraçando como se já a conhecesse e fossem amigas intimas.

— Me ajude...

Alana foi pega de surpresa, pela atitude e pela força do abraço. Aquela menina precisa controlar a força e a velocidade, se não quiser sair matando pessoas.

— Eu sei o que está sentindo, já passei por isto. Calma, tudo vai se resolver, vamos conversar um pouco. Me leve até Steve, quero ver como ele está...

E saíram as duas do quarto, abraçadas, na direção do quarto em frente.

Alice e Irina estavam boquiabertas, principalmente com a forma como Alana dominou a situação em segundos. Claudius estava radiante de orgulho. Ele perguntou a Alice:

— Como aconteceu?

— Steve concordou na hora com seu plano e não saiu mais de junto dela. Estavam sozinhos quando ela acordou. Quando ouvimos gritos desesperados viemos acudir, mas era Cora em pânico ao perceber que Steve morreu. Ela quase enlouqueceu, precisamos de vários agentes para segurá-la e aplicar calmantes. Acho que a força dela ainda não havia se desenvolvido. Só se acalmou realmente quando eu pessoalmente expliquei que aquilo fazia parte do plano. Ela ainda não acredita que terá Steve de volta.

— Alana nos disse que ainda teremos muitos outros recuperados.

— Alguns médicos estiveram aqui, á tarde. Fisicamente ela está perfeita, nem tem cicatrizes. Só precisa se acostumar com a ideia.

Irina como sempre fez a observação prática:

— Temos que treinar equipes para esta fase de transição.

— Tudo isto ainda é muito novo para todos nós. Espério parece que entrou em parafuso com as possibilidades. Ele está aguardando o desfecho para ter uma conversa com a gente.

Irina gostou:

— Posso ajudá-lo com os novos protocolos, se ele me autorizar.

Alice também era prática:

— Vamos ver isto depois. Vá lá dar um abraço na sua amiga. É para isso que você veio até aqui, não foi? Ou acha que acreditei na conversa da escolta?

Irina sorriu.

— Espero que elas estejam mais calmas. Tive a impressão que uma podia quebrar as costelas da outra naquele abraço...

Claudius não entendeu a recíproca.

A conversa entre as garotas demorou ainda mais meia hora.

Depois de conversarem muito seriamente, Alana e Irina deixaram Cora sozinha com Steve, com algumas instruções para quando ele acordasse. Cora estava habituada a seguir instruções, cumpriu tudo à risca. Outra hora se passou até que saiu do quarto muito sorridente, abraçada com um Steve ainda mais sorridente e seguiram para o quarto dele, sem dizer uma única palavra. Tinha manchas de sangue no pescoço, mas os furos já haviam desaparecido.

Ninguém se atreveu a interromper a primeira noite da lua de mel do casal.

Assim que viu seu quarto desocupado, Claudius chamou o serviço do hotel e pediu que trocassem as roupas de cama. Depois anunciou que não tinha uma noite de sono decente já fazia mais de uma semana. Pegou Alana no colo e desapareceram no quarto, trancando a porta sem nem mesmo se despedir dos outros presentes.

Neste meio tempo Irina já tinha tomado uma chuveirada no quarto de Cora e trocado de roupa, se livrando da armadura. Estava usando roupas emprestadas da amiga, mantendo um hábito que haviam desenvolvido desde Tel Aviv. Por terem o mesmo manequim, uma sempre emprestava roupas para a outra em situações de emergência.

Alice estava saindo do hotel levando Irina para jantar, quando seu celular tocou. Era Espério numa ligação particular.

Ao desligar sua expressão estava tensa:

— Algum problema Comandante?

— Sim. Fui convocada para preparar a execução de Alana.

40 — A coisa não vista

Em 1998 a situação na Argélia era muito delicada. Uma guerra civil estava acontecendo. Havia algumas evidências de que vampiros podiam estar envolvidos, promovendo carnificinas entre a população mais pobre e mais afastada dos centros civilizados. Investigações preliminares sugeriam uma possível formação de núcleos terroristas. Uma equipe de três agentes foi enviada de Paris para a região sudeste do deserto do Saara, seguindo algumas pistas deixadas por uma milícia local, para investigar a possível participação de vampiros. A última comunicação por rádio da equipe, feita na véspera, dizia que estavam próximos de localizar um covil, com pelo menos seis alvos.

A linda morena Alice estava apreensiva com aquela empreitada. Foi ela quem indicou Luí Gerard para comandar a missão, acompanhado de dois agentes sem muita experiência, pensando que seria apenas um passeio pelas areias do deserto. Uma simples investigação, sem nada perigoso. Mas alguma coisa em seu coração estava apertada. Ninguém na base sequer imaginava que ela estava tendo um caso secreto com Luí Gerard. Qualquer relacionamento entre agentes era contra as regras da Organização e ela tinha a obrigação de dar o exemplo. Se qualquer outra pessoa soubesse, ela perderia seu posto e complicaria a vida do Comandante Geral, Joseph Espério, que confiava nela.

As complicações começaram pela manhã, na primeira hora do dia, quando leu os relatórios recebidos durante a madrugada. O último vampiro interrogado na véspera, na Frigideira do Cairo, antes de fritar revelou que a milícia argelina estava sob influência de vampiros, e, portanto, aquelas pistas recebidas antes levavam para uma armadilha. Não deviam ter enviado investigadores, mas uma equipe completa de ataque. Luí Gerard e os dois agentes estavam seguindo para uma cilada.

Chamou pelo agente de comunicações em serviço naquele turno:

— Raphael, temos como chamar nossos agentes de volta, ou pelo menos avisá-los?

— Não senhora, estão no meio do deserto. O plano deles era seguir por terra, num Jipe, fotografar o local registrando as coordenadas para a equipe de ataque e voltar antes do sol se por.

— Então temos que enviar outra equipe de resgate e rápido. Quem está disponível agora?

— Aqui em Paris só temos um agente novato, o Henry. Para termos o mínimo protocolar de dois agentes, tenho que checar com Madri, Genebra ou Tel Aviv, mas pode demorar algumas horas até montarmos uma equipe.

— Não, é muito tempo. Chame o Henry, mesmo sem experiência ele é um agente treinado e pode servir como apoio. Temos mais alguém que pode ir agora mesmo.

— Quem, senhora?

— Eu mesma. Tenho anos de experiência no campo, e estou bem treinada. Arranje um transporte com a Base d'Aéronautique Navale enquanto visto minha armadura e verifico meu armamento. Quero partir imediatamente, para resgatá-los antes que o sol se ponha.

A operação de resgate seguia um protocolo padrão, planejada como uma missão militar de precisão: dois agentes com equipamento de combate, com ordens para localizar a equipe em perigo, fazer meia volta e se proteger em algum local seguro.

Alice e o agente Henry, um rapaz recém-chegado do Centro de Treinamento de Tel Aviv, partiram de Paris em um jato militar direto para o Akhamok Airport, vizinho da cidade de Tamanrasset, na Argélia. Estavam com seus equipamentos de combate padrão: armadura de liga leve super-resistente incluindo o capacete para ser usado em lutas corporais, espada curta extremamente afiada, duas facas de caça, equipamentos de espionagem para localização e outros apetrechos pequenos. Demoraram cerca de sete horas para cobrir o trajeto Paris-Saara. No Aeroporto de Tamanrasset já eram esperados por um helicóptero para levá-los ao deserto, seguindo o ultimo caminho conhecido feito pela equipe de investigadores em terra. Ainda tinham cerca de duas horas de sol para encontrar os agentes, antes que ficassem a mercê da noite e dos perigos que esta escondia.

Todos sabiam que o deserto é traiçoeiro, mas não esperavam dar de cara com uma tempestade de areia apenas cinquenta minutos depois da partida, que interferiu nos motores do helicóptero. Por sorte tiveram tempo de localizar o Jipe dos investigadores, vazio, minutos antes de pousar. O piloto experiente, conhecedor do deserto, informou que poderia decolar novamente, mas teriam que voltar imediatamente, abortando a busca.

Alice foi contra:

— Vocês dois voltam. Vou continuar no Jipe, até achar os rapazes.

— Mas senhora, já está quase escurecendo. Não é seguro. Esta região é habitada por tribos violentas que não gostam nem dos Tuaregues, o povo local, e podem estar dominadas por terroristas.

— Tenho que encontrar nossos agentes. Voltem ao aeroporto e enviem outra equipe por ar ou por terra para nos encontrar. Estaremos voltando neste Jipe. Tenho um localizador que deixarei ligado.

Henry tentou intervir:

— Eu vou com a senhora.

— Não, tenho mais chances se for sozinha. Quanto menor o grupo, mais fácil a fuga.

O experiente piloto também opinou:

— Talvez possamos fazer melhor. Vou requisitar um avião para resgatá-la. Existe uma pista clandestina a dois quilômetros daqui, mais à frente. É usada pelos terroristas, mas deixamos uma equipe de soldados a vigiando. Comporta até um jato pequeno, é o melhor jeito de sair rápido desta região depois que escurecer. No máximo estará aqui em uma hora.

— Certo, vou achar nosso pessoal, depois sigo o barulho do avião, dois quilômetros para leste.

Não houve despedidas. O piloto e Henry embarcaram no helicóptero e partiram de volta. Ela foi examinar o Jipe. Ainda tinha cerca de uma hora de claridade. Deduziu que Gerard tinha seguido a pé na direção de uma formação rochosa, cerca de quinhentos metros para norte, no sopé das montanhas de Ahagar. Se deixou o veículo era porque pretendia surpreender alguém, ou pelo menos evitar o barulho.

Ao contrário dele, a intenção dela era chamar a atenção dos agentes, então subiu no Jipe, o ligou e dirigiu na direção das rochas, rapidamente. Não fazia diferença, pois o barulho do helicóptero era muito mais alto do que um motor de automóvel, e já devia ter alertado quem quer que se escondesse por ali.

Não precisou procurar muito. Mesmo com todo o treinamento e preparada para o pior, foi um choque encontrar três corpos escondidos entre as rochas. Os três agentes não tiveram nenhuma chance, sem armaduras e sem nenhum equipamento de combate pesado.

Precisou fazer um esforço enorme para não chorar e outro maior ainda para reunir forças e examinar os cadáveres. A missão deles tinha o objetivo de investigar e registrar a possível localização de um covil de vampiros. Vieram equipados apenas com equipamentos de investigação e registro. Ela mesma já havia participado de inúmeras missões deste tipo. Com a experiência adquirida em anos de prática, logo identificou as marcas de mordidas nos corpos dos rapazes, embora também tivessem perfurações de lanças. Gerard estava com o pescoço quebrado, nos dois outros era a coluna vertebral. Típico modus operandi vampiro. Os agentes encontraram os alvos, só não tiveram tempo de sair. Indicava a possível existência de alguma caverna por perto, pois os malditos sangue sugas nunca sairiam para aquele sol abrasador. As marcas de lanças e o local onde os corpos foram deixados indicavam que foram ajudados por humanos da tribo local. Indício de que os vampiros já tinham feito escravos.

Examinou mais detalhadamente os corpos procurando pelos equipamentos de espionagem escondidos nas roupas. Câmeras e localizadores, que deviam ter registrado coordenadas e fotografias dos últimos locais que os rapazes visitaram. Seriam usados pelas equipes de ataque, que viriam vingar os companheiros. Recolheu todos os equipamentos que encontrou, quando viu que as sombras das rochas estavam esticando assustadoramente. Os últimos raios do sol já estavam se retirando.

Ouviu um barulho de avião ao longe. Correu para o Jipe, já colocando seu capacete de batalha. Era desconfortável, mas garantiria sua vida até chegar ao avião. Ligou o motor e partiu em direção leste, rezando para não bater em nenhuma pedra ou cair em algum buraco.

Poucos minutos depois precisou ligar os faróis. O sol desapareceu atrás das montanhas e a escuridão envolveu tudo em volta. Os dez minutos seguintes foram apavorantes. Só havia percorrido um quilometro, a metade do caminho, quando uma lança se enterrou no assento do banco do passageiro, arremessada de algum lugar mais para trás. Se não estivesse sozinha agora teria a companhia de outro cadáver. Imediatamente passou a dirigir em ziguezague. Pelos cantos dos olhos, onde o visor do capacete permitia, viu indivíduos correndo a pé dos dois lados do Jipe, mantendo cerca de dez metros de distância.

Os malditos sangue sugas podiam correr muito mais rápido do que isto, então estavam brincando com ela, confiantes de que já tinham vencido a batalha. Sua única chance era chegar ao avião, sem entrar em pânico. Manteve o sangue frio e acelerou em linha reta, abandonando as evoluções. Viu o que pensou ser a silhueta da cauda do avião, uns trezentos metros à frente.

Seus perseguidores também viram, e aceleraram a corrida, deixando-a para trás. Tática clássica: atacar o piloto do avião para impedir qualquer fuga e dominar mais vítimas.

Pisou com tudo no acelerador, já sacando a espada que trazia na cintura, torcendo para que o piloto resistisse por alguns minutos.

Quando os faróis iluminaram a cena, pensou que tudo estava perdido. Havia dois corpos no chão, cada um cercado por dois vampiros. Um dos caídos se mexia, tentando se afastar dos atacantes, se arrastando de costas para debaixo do avião. O outro nem se mexia. Dois outros vampiros estavam em pé, a observando e esperando pela chegada dela. Seis alvos contra ela sozinha.

Apontou o Jipe direto para o avião, sem desacelerar. Viu a expressão de incredulidade no rosto dos vampiros que a encaravam.

Quando o choque parecia iminente, deu uma guinada no volante, fazendo o Jipe passar a centímetros do avião e saltou para cima dos vampiros que se desviaram no último instante. Sua espada interceptou o pescoço de um deles na fuga, decepando uma cabeça. Caiu rolando na direção de outro que se abaixou, e que ainda tentava entender o que se passava. Enquanto estava abobalhado, ganhou uma faca de caça certeira bem no coração, que entrou e saiu provocando um chafariz de sangue.

Na queda foi lançada para baixo do nariz do avião. Conseguiu apoiar os pés no trem de aterragem e reverteu o impulso para saltar por cima do homem caído, na direção de um dos vampiros que o ladeavam. Atacou as pernas do monstro com a espada, fazendo um corte feio que o desequilibrou. O sujeito caiu sobre uma faca posicionada para entrar direto em seu peito. Desta vez a faca ficou presa.

Os outros três vampiros pareciam baratas tontas, ainda surpresos por estarem sendo atacados. Dois acordaram quase ao mesmo tempo. Um atirou uma lança na direção dela, que a atingiu em diagonal na altura da costela, e foi desviada pela armadura. Conseguiu segurar o cabo da lança com a mão que estava livre e a virou em direção do segundo vampiro que corria ao encontro dela, talvez querendo esmurrá-la. Mas ele foi mais esperto, parou a centímetros da ponta, cerca de um metro na frente dela. O vampiro olhava para a ponta da lança, esboçando um sorriso cínico. Levantou o rosto e desistiu do sorriso, quando uma espada afiada atravessou mais um pescoço, derrubando outra cabeça.

Um barulho estrondoso explodiu bem perto. O Jipe desgovernado sem motorista havia corrido por cerca de cem metros e se chocou de frente com uma enorme rocha, explodindo em chamas que iluminaram tudo em volta.

Os dois vampiros remanescentes desapareceram. Pode ouvir seus passos correndo pelo deserto, levantando muita poeira iluminada pelas chamas, seguindo para longe. Provavelmente se acovardaram e foram buscar reforços. Ganhou alguns preciosos minutos.

Respirou fundo para reduzir a tensão. Foi examinar o corpo caído. Uniforme do exército local, morto devido a um profundo corte no pescoço. O segundo homem ainda se protegia perto do trem de aterragem, trêmulo, mas vivo. Usava um uniforme de piloto francês. Ela tirou o capacete, espalhando os longos cabelos, e foi ver o estado dele:

— O senhor está bem? Foi ferido?

— Estou bem. Mas a senhora, é....

— Não, não sou a atriz e isto não é um filme. Consegue pilotar este avião?

— A.... acho que sim. Quem são... digo, quem eram estes homens?

— Traficantes. Trabalham para terroristas. Vamos sair logo daqui, voltarão a qualquer momento.

O homem se levantou, olhando com expressão de pavor para as cabeças e as poças de sangue no chão.

— Tem alguns soldados por aqui, devem estar na outra ponta da pista. A estavam desobstruindo quando fomos atacados.

— O objetivo dos traficantes sou eu. Os soldados devem saber se cuidar. Ficarão mais seguros quando eu partir.

— Fui enviado para resgatar uma equipe de quatro pessoas. Estão com a senhora?

— Estão mortos. Só eu escapei. E se não sairmos rápido, não haverá sobreviventes...

Decolaram poucos minutos depois, apenas o tempo suficiente para as pequenas turbinas do MS 760 Paris, conhecido como o Jato de Bolso (The pocket jet), ganharem rotação.

Quando ganharam altitude, o piloto perguntou?

— Para onde estamos indo, Mademoiselle?

— Paris, vamos para a Base Naval, se esta aeronave tiver autonomia para chegar lá.

— Tem sim. A propósito, não tivemos tempo para as apresentações formais. Sou o Comandante Jean Pierre Bordeaux, o melhor piloto de caças Mirage que a França tem.

— Que sorte a minha, apesar desta nave não ser um Mirage. Sou Alice Loren, uma simples executiva.

— Senhora, tem algum...

— Não, minha aparência e meu sobrenome não têm nada a ver com a atriz. São apenas coincidências. O destino gosta de brincar comigo. Meu nome é de batismo, sou francesa. Sophia é italiana, e adotou seu sobrenome quando já era quase adulta. A aparência é coisa do destino, nasci quando ela já tinha mais de trinta anos e não temos nenhum parentesco...

— Honestamente, não sei dizer qual das duas o destino quis homenagear, Mademoiselle...

— Outra coisa, Comandante. O senhor nunca me viu, esta missão nunca existiu, e nunca ouvi falar de traficantes ou terroristas.

Jean Pierre podia ver o cabo da espada ainda com alguns respingos de sangue, presa na cintura daquela linda e estranha mulher.

— Perfeitamente. A senhora não imagina as coisas que já vi, quero dizer, as coisas que nunca vi em minhas missões. Agora mesmo, este avião está aposentado sem poder voar a mais de um ano e eu não estou aqui. Oficialmente estou na cabina de um Mirage, acumulando horas de voo numa simples missão de reconhecimento aéreo sobre o Marrocos.

— O senhor parece de confiança, mas me desculpe, eu sou mais uma coisa que o senhor nunca viu.

Quando estavam para pousar, ela chamou a Base pelo rádio e pediu para um agente ir buscá-la. No carro, fez um rápido relatório do acontecido, entregou os equipamentos recuperados e ordenou a formação de três equipes de ataque, tão logo os equipamentos fossem decodificados.

Eram quatro horas da madrugada quando chegou a seu apartamento, completamente esgotada física e emocionalmente. Seguiu direto para o banheiro, tirou a armadura e ficou até o amanhecer sob o chuveiro, sentada nua no piso frio, abraçada em suas próprias pernas e chorando convulsivamente.

Às nove horas estava entrando na base, usando um vestido preto justo, óculos escuros, cabelos soltos sobre os ombros, virando as cabeças de todos que a viam, homens e mulheres. Alguns agentes não acreditavam como podia ser tão fria, vindo trabalhar tão cedo depois de perder três agentes numa missão fracassada.

Foi diretamente para a sala dela, abriu todas as cortinas deixando o sol entrar, mas continuou usando os óculos por todo o dia. Seguiu sua rotina normal, despachando documentos para liberação dos corpos para as famílias, criando acidentes fatais para justificar as baixas, assinando liberação de indenizações trabalhistas e até recepcionou dois novos agentes, enviados por Tel Aviv: Pierre, um rapaz que falava vários idiomas, e que podia ser útil como interprete, e Maciel, formado em arquitetura, que dificilmente poderia ter alguma serventia fora do seu treinamento como soldado, e que foi enviado para trabalhar nos arquivos.

No final da tarde chegou o relatório da Argélia. Saldo da missão: vinte baixas humanas, incluindo o soldado na pista de pouso, sendo todos os outros colaboradores dos vampiros; seis baixas de agentes incluindo os três investigadores da véspera e vinte alvos neutralizados, incluindo os quatro que ela mesma eliminou sozinha. Toda a região saneada, o que para os padrões dos Caçadores significava sucesso total. A notícia se espalhou pela base com a velocidade de um raio, e só então os agentes tomaram conhecimento dos detalhes do dia anterior.

Todos, sem exceção, passaram a admirar e respeitar ainda mais a Comandante da Base Paris, Alice Loren, a única comandante mulher de uma Base dos Caçadores, a única que partia pessoalmente para socorrer seus agentes, a única que sozinha eliminou quatro inimigos na mesma missão, a única que em menos de vinte e quatro horas reverteu uma missão fracassada num sucesso total, e a única que depois de tudo isto trabalhou o dia todo normalmente, linda e vaporosa como sempre. A comandante que com apenas trinta e um anos de idade e dois de comando, já revelava que se tornaria uma lenda.

Ninguém imaginava que a mulher Alice Loren usou óculos escuros todo o dia para esconder seus olhos inchados e secos de lagrimas de tanto chorar, que estava com o coração dilacerado e oco, e que trabalhava desesperadamente, numa tentativa de abafar qualquer sentimento que quisesse aflorar e traí-la.

Afinal, ela bem o sabia, não importa o que acontecer: a vida sempre continua. E no caso dos Caçadores de Vampiros, a morte também.

41 — O fim de Madame Pin

A igreja estava lotada, muito mais do que em todos os domingos ás dez horas da manhã. A notícia de que aquele local foi improvisado como uma sala de interrogatório se espalhou por toda a base e até os agentes que estavam de folga em casa vieram para assistir.

No fundo do altar foram montados diversos monitores, com as telas divididas em pequenas janelinhas, cada uma mostrando o rosto de um comandante das muitas bases espalhadas pelo mundo. Em frente das telas estava uma mesa, ocupada pelas duas maiores autoridades presentes fisicamente na cidade, o Comandante Geral Joseph Espério e a Comandante de Paris Alice Loren. Cada um sentava na frente do seu próprio laptop, cuja câmera interna transmitia mais dois rostos para completar o mosaico na parede do fundo.

Ao lado da mesa, dois tripés apoiavam câmeras maiores que estavam apontadas para o corredor central, focando o alvo do interrogatório.

Alana estava sentada numa cadeira comum, observando calmamente o término da arrumação. Nos pulsos dela tinha eletrodos ligados a um polígrafo, um equipamento cheio de agulhas que arranhavam um rolo de papel que estava sobre uma mesinha pequena. Ao lado da mesinha um outro agente com jeito de cientista biruta calibrava o aparelho. Claudius informou que era o armeiro local, o encarregado de armas e equipamentos em Paris. Coisa de nerds.

Ladeando o corredor todos os bancos estavam ocupados. Na primeira fileira à direita de Alana estavam os rostos que ela conhecia, formando uma pequena equipe: Claudius, lhe transmitindo muita confiança, Irina, Ricardo, George, Cora e Steve. Os dois últimos chegaram atrasados e muito sorridentes. Os que estavam dormindo no hotel foram despertados pelos telefones dos quartos ás sete horas da manhã, com uma convocação do Comandante Espério. A ordem foi para que seguissem uma equipe de agentes, alegando que quanto antes cumprissem aquele protocolo, mais cedo poderiam voltar a aproveitar o domingo.

Na igreja, Alice explicou para a pequena equipe que Espério estava sendo pressionado por um grupo de oposição dentro da VH, muito provavelmente encabeçados por Blacksword e Apolônio. Tendo tomado conhecimento do resgate com sucesso e que a refém estava sendo protegida em Paris, um grupo de comandantes e agentes se sentiu ameaçado. Não aceitavam de forma alguma a presença da vampira em uma base. Mesmo com as provas de que era humana, nos registros ainda constava como uma inimiga mortal e perigosa.

Claudius tentou protestar, mas Alana o acalmou, já que também queria acabar logo com tudo aquilo. Desta forma, todos estavam reunidos agora na igreja improvisada como sala de interrogatório. Acontecer numa igreja foi outra exigência dos temerosos.

Espério abriu a reunião falando alto na frente do seu laptop, para que o microfone embutido transmitisse sua voz para todo o salão, para os convidados virtuais e para o sistema de gravação que estava registrando tudo.

— Para registro, estamos na presença de uma jovem chamada Alana Ghosten, que por mais de dois séculos consta dos nossos arquivos com a alcunha de Madame Pin, sendo considerada uma inimiga extremamente perigosa, cruel, inteligente e sanguinária. No entanto esta pessoa se apresenta hoje curada do vampirismo, testada e comprovadamente humana, nos apresentando um processo de cura que foi testemunhado e confirmado em dois dos nossos agentes. Este interrogatório é para validar a veracidade dos nossos registros e tem valor de julgamento, conforme os protocolos aplicáveis a este caso. Com base nestes registros e nos protocolos eu, Joseph Espério, tomarei nossas próximas decisões, pelos poderes que o meu cargo de Comandante Geral dos Caçadores me confere.

Alice continuou deste ponto, falando para o microfone do seu próprio computador.

— Para registro, sou Alice Loren, Comandante da Base Paris, responsável pelas atividades dos Caçadores neste País. Alana, preciso informar que este procedimento nunca foi executado desta forma. Sempre interrogamos vampiros em condições completamente diferentes, nunca uma humana como você. Este aparelho à sua frente é um Detector de Mentiras, um polígrafo, a única forma que encontramos para comprovar que você não vai tentar nos enganar, já que a luz do sol é inútil nesta situação. Por ter se apresentado espontaneamente, eu mesma a dispensei de ser acorrentada. Se sente confortável para prosseguirmos?

Alana falou para um microfone que Kyu lhe ofereceu:

— Sim, comandantes. Não tenho nenhuma oposição. Vamos em frente.

Claudius estava esperando pelo momento em que Alana pediria a palavra. Conhecia sua esposa. Espério continuou, baseado em textos que lia no seu laptop. Todos os comandantes acessavam cópias dos mesmos documentos:

— Nosso primeiro registro diz que Madame Pin se infiltrou em um núcleo dos Caçadores onde permaneceu por dois anos adoentada, com o objetivo de roubar um tesouro muito valioso. Confirma isto?

— Comandante, com todo o respeito, seus registros precisam ser atualizados. Eu era a "Princesa" Pin, nunca me apresentei como "Madame". Não estava doente, já era uma vampira e apenas me protegia da luz e do sol. Meu objetivo nunca foi roubar, era colher informações, uma espiã cumprindo ordens superiores, da mesma forma como os Caçadores já haviam feito anteriormente no palácio do meu mestre naquela época.

Uma agitação correu pela plateia. Os comandantes interrogavam o armeiro com os olhos, que apenas acenou afirmativamente. O Detector não captou nenhuma mentira.

— Como explica o desaparecimento do tesouro?

— Foi o Capitão da Guarda que me mostrou uma grande arca. Mas ele morreu durante a fuga logo que saímos do palácio. Eu fui capturada e levada de volta para Shogun. Nunca mais soube do tesouro até os senhores o mencionarem.

O Detector continuava mudo, sem agitar nenhuma agulha. Claudius percebeu que a resposta podia ter várias interpretações. Alana também sabia disto. Mas não contaria que foi ela mesma quem escondeu a arca e matou o capitão. Se nunca foi encontrado, aquele tesouro ainda devia estar no mesmo local onde ela o deixou.

— Se já era uma vampira, como não houve mortes naquele período?

— Minhas ordens eram apenas para obter informações, nada mais. Consegui me privar de sangue humano pelos dois anos que estive lá, fazendo uma dieta forçada.

— Sempre se sacrifica para cumprir ordens?

— Shogun não aceita desobediência. Quem não cumpre suas determinações é castigado ou morto imediatamente, ou as duas coisas.

A audiência se calou. Todos os presentes tinham formação militar.

— Temos outro registro em que a senhora dizimou um batalhão de guardas e desapareceu no ar, levando assassinos muito perigosos. Como explica isso?

— Shogun sabia que se enviasse guerreiros seria uma carnificina ainda pior. Optou por me enviar sozinha para que resgatasse os dois samurais que foram capturados enquanto se protegiam do sol e que quando interrogados poderiam delatar nossa posição. Eu posso correr numa velocidade em que os senhores não podem me ver, tenho força para pular vários metros de altura e para amassar e desamassar barras de ferro. Entrei no calabouço por uma janela de ventilação, encontrei os prisioneiros, tentei nocautear os soldados, mas precisei lutar sozinha contra dez homens adultos, fortes e armados. Combati pela minha vida para salvar meus companheiros. Foi a forma que encontramos para evitar um número muito maior de mortes.

— Bebeu o sangue de algum deles?

— Não. Mas os prisioneiros tinham sido torturados e estavam muitos fracos. Eles precisaram de sangue para se recuperar e poder sair de lá.

Outra agitação na plateia. Nada do Detector se manifestar.

— Temos outra ocorrência que diz que a senhora conspirava na Áustria planejando a Primeira Guerra Mundial e que dizimou outro batalhão fortemente armado quando eles tentaram impedi-la. Nega isto?

— É outro registro que precisa ser atualizado. Eu estava na Áustria sim, mas fugindo dos vampiros e tentando levar uma vida humana normal. Até me casei legalmente com um nobre humano, eu era a Duquesa de Ghostenburg, tinha todos os papeis em ordem. Nunca conspirei para nada. O que aconteceu foi que o primo do Duque meu marido, nos traiu por causa de intrigas políticas. Ele convocou um grupo de soldados armados, que covardemente aprisionaram minha guarda pessoal, tomaram meu castelo e tentaram me prender numa jaula. Eu reagi e escapei viva por pura sorte.

O burburinho na igreja aumentou. Espério sentia que a admiração por Alana crescia na sala. Talvez pudesse tirar proveito daquilo.

— Estou vendo que nossos registros precisam de uma boa revisão. Como a senhorita não negou nenhum fato, e o polígrafo não acusou nenhuma mentira, penso que tenho dados para tomar algumas decisões.

— Comandante, independente da sua decisão gostaria de aproveitar a presença física ou virtual de todos aqui, para um esclarecimento. Permite?

Era o momento que Claudius estava esperando, Alana pedia a palavra. Espério viu que seria muito indelicado recusar, sem um bom motivo.

— Está bem, mas por favor, seja breve.

— São só duas coisas. Primeira, Pin Yang foi uma menina covardemente assassinada por Shogun na minha frente, quando era praticamente uma criança. Eu usei o nome dela tentando lhe prestar uma homenagem, mas falhei. Nos registros dos senhores o nome de uma menina inocente está associado com sangue e morte. Quero reparar isto.

Espério respondeu:

— São apenas Arquivos-X. Podemos fechá-los quando tivermos os esclarecimentos necessários.

— Segunda coisa, todos estes fatos aconteceram numa época em que eu era uma vampira sem alma, sem nenhuma noção do mal que estava causando, embora só tentasse sobreviver. Hoje sou humana, compreendo o que fiz e quero romper com aquele passado criminoso.

Todos estavam atentos, sem saber onde ela queria chegar. Espério perguntou:

— E o que sugere?

— Tem um jeito de conseguir os dois objetivos. Claudius me disse que os senhores já sabem das duas contas em nome de Pin Yang no Japão. Eu quero fazer uma doação pós-morte em nome dela, do valor total das duas contas, para a causa dos Caçadores.

O Comandante arregalou os olhos:

— Está nos doando mais de dois milhões de dólares?

— Exatamente. Mas deve ficar bem claro que não é uma compensação pelos crimes, mas que eu, Alana, estou rompendo definitivamente com o passado que deu origem aquele dinheiro.

— Como vai se manter?

— Se ainda não fui demitida nesta semana, tenho dois empregos e metade de uma floricultura. E vou me casar em breve com um empresário que tem toda a capacidade de me sustentar.

Claudius sorriu. Espério acreditou já ter informações suficientes para dar o troco na oposição.

— Certo, podemos providenciar a documentação para efetivar isto, com todos os registros. Mais alguma coisa?

— Sim. Se ainda desconfiam de mim, aceito ser vigiada permanentemente por um Caçador, desde que meu carcereiro seja o Agente Claudius.

Agora a plateia riu, inclusive Alice, tentando esconder o sorriso. Espério já podia encerrar:

— Está registrado. Reconhecemos que na última semana o Agente Claudius foi de estrema valia, graças as suas habilidades incomuns, capacidade de dedução e disposição. Não temos nada que o desabone. Pelo que pude observar nesta nossa conversa, nossos arquivos podem conter algumas inconsistências, mas temos uma oportunidade ímpar de corrigir e esclarecer muita coisa sobre fatos acontecidos nos últimos 250 anos, já que temos em nossa presença uma testemunha ocular da história, profunda conhecedora de vampiros. Podemos fechar muitos Arquivos-X. Também temos conhecimento de que a senhora domina segredos que podem ser muito perigosos se caírem nas mãos dos nossos inimigos. Resumindo: se a senhora tem as mesmas habilidades de Claudius, detém conhecimentos históricos que podem nos ser de muita utilidade e precisa ser protegida para não cair nas mãos dos inimigos, informo que minha decisão é seguinte:

Fez uma pausa antecipando o efeito que suas próximas palavras teriam sobre a oposição.

— Mademoiselle Alana, aceita trabalhar conosco nos mesmos moldes do contrato que fizemos com Monsieur Claudius?

Alana foi pega de surpresa.

— Eu? Uma Caçadora?

— Sim, mas se aceitar farei algumas modificações na Organização. Explico: devido ás habilidades especiais de vocês quatro, a senhora, Claudius, Steve e Cora formarão uma equipe de staff, para auxiliar qualquer base que precise dos seus serviços, mas sem estarem subordinados a nenhuma. Trabalharão sob minhas ordens diretas, com seus contratos de trabalho sediados em Genebra. Aceita estes termos?

— Comandante, se meu futuro marido vai continuar trabalhando com vocês, eu tenho que vigiá-lo de perto. Aceito sim, não posso deixá-lo sozinho com as mulheres mais poderosas do mundo...

E fez um gesto indicando Alice, Cora e Irina. Toda a plateia riu de novo, inclusive as três.

— Bem, então encerramos aqui. Vamos voltar a base, tenho vários protocolos novos para despachar. Armeiro, desligue isso.

Espério nunca imaginou que este domingo seria tão produtivo. De um só golpe anunciou o fechamento de três Arquivos-X que iriam esvaziar a oposição, tirou os dois melhores agentes de Blacksword e Apolônio e isolou o quarteto fantástico da influência dos seus opositores. Além de manter o apoio de Alice e Irina, outras duas peças chave. O domingo ficou tão bonito que estava disposto a fazer um almoço para toda aquela turma.

Irina e Cora correram para cumprimentar Alana, sua nova companheira de trabalho. Claudius se antecipou, muito mais rápido para beijar sua amada.

Alice precisou intervir para pôr ordem na bagunça:

— Meninas, vamos logo para a base, terminar nossas obrigações. Depois quero que venham comigo, temos algumas horas de folga.

Conheço algumas butiques que vão adorar abrir suas portas para receber as mulheres mais poderosas do mundo, mesmo num domingo.

Alana sorriu.

— Eu também? Deve ter uns setenta anos que não faço compras em Paris...

— Claro, querida. Você deve ser a mais qualificada dentre nós para usar estes títulos, Duquesa.

42 — Almoço intimo

Ainda estavam almoçando, quase cinco horas da tarde. Claudius e Alana praticamente tiveram que fugir da companhia dos seus novos companheiros de trabalho para conseguir uma folga de apenas uma hora.

As superpoderosas haviam saído da base perto do meio dia, depois que Alice organizou todo o trabalho, delegando o máximo de coisas que podia para seus outros agentes. A Comandante também estava ansiosa por algumas horas de folga, podendo pensar apenas em moda. Foi o assunto da tarde.

Quando Alana comentou que odiou a armadura que Claudius usou, se tornou a agente preferida de Alice. Cora e Irina se juntaram ao coro, combinando um boicote para aquelas coisas horríveis. Desta vez Espério estava perdido, não conseguiria mais evitar uma reforma fashion no modelito das armaduras. Não quando as quatro caíssem tagarelando em seus ouvidos.

Como era de se esperar, Alana voltou para o hotel carregada de malas, roupas, sapatos, perfumes e mais alguns quilos de quinquilharias. Mandou entregar tudo no quarto de Claudius. Com certeza teriam excesso de peso nas bagagens, durante a volta para o Brasil.

Por volta das quatro, Alana tinha tomado seu banho, vestido um conjunto de jeans e blusa nova, calçado um par de botas da estação, colocado algumas joias e saiu literalmente correndo do hotel, puxando Claudius pela mão. Na periferia de Paris encontraram um pequeno restaurante isolado, numa rua deserta, onde puderam ficar um pouco a sós, para pôr suas cabeças no lugar.

Quando o filé adocicado acompanhado de salada de tomates com abacate, temperado com sorvete de creme estava terminando, puderam conversar um pouco:

— Querida, por que não me falou nada daquelas contas?

— Não tinha chegado a hora. Queria te contar só depois do casamento.

— Você deve estar chateada por tê-las perdido.

— Nem um pouco. Estou me sentindo aliviada. Pensando nisto, acho que podemos expandir os negócios. Fiquei com a impressão de que os Caçadores têm déficit de transporte, sempre dependendo de voos militares ou horários comerciais. Se tivessem contrato com alguma empresa de táxi aéreo, seria lucrativo para as duas partes.

— No que está pensando? Não acompanhei a ideia.

— Conversei com Irina sobre isto. Por exemplo, sabia que aquele avião que foi apreendido dos vampiros será vendido em leilão, por menos da metade do preço? Deve ter vários outros, espalhados pelo mundo. Quem comprar um ou dois pode começar um negócio bem rentável. Pilotos como o Jean Pierre estão disponíveis.

— Amor, mesmo abaixo da metade do preço, sabe quanto custa um avião daqueles? Muitos milhões de dólares...

— Acho que você poderia tocar uma empresa assim, se conseguir o investimento necessário. Não precisa pagar tudo de uma vez.

— Sem chance. Minha investidora secreta acaba de ficar dois milhões mais pobre...

— Ela pode ter outras contas. Digamos, quatorze outras...

— Está brincando? Cada uma com um milhão de dólares?

— As mais antigas têm mais. E ouvi falar de um certo tesouro desaparecido há duzentos e cinquenta anos. Sabe qual a porcentagem para quem encontra tesouros perdidos?

— Não, mas posso pesquisar. Se aquele capitão morreu e era o único que sabia onde está o tesouro, como espera encontrá-lo?

— Amor, fui a última a vê-lo com vida. Oficialmente podemos seguir seus últimos passos ao contrário. Procurando em alguns locais prováveis, acho que teremos alguma sorte... Teremos que usar um Jipe para fazer o transporte.

Alana nem precisava ter piscado um olho para que Claudius entendesse o recado.

— Isto é interessante. Memorizei vários mapas aéreos daquela região, acho que posso te ajudar a traçar uma rota. Está disposta a fazer outra viagem ao Japão, desta vez me levando como guarda costas e motorista?

— Estava pensando numa viagem pré lua de mel, levando meu futuro marido e atual carcereiro...

— Vamos ter que oficializar isto. Os comandantes precisam saber da operação, para não termos problemas futuros.

Estavam planejando detalhes quando as três garotas entraram no restaurante. Aparentavam ter pouco mais de vinte anos, cabelos curtos em estilo militar, vestidas com roupas de couro, cheias de piercings no rosto e no corpo. A que vinha na frente segurava uma barra de ferro, ladeada por outras duas que portavam correntes. O casal estava tão distraído que nem ouviram as motos estacionando.

Estavam a cerca de cinco metros do casal quando a primeira falou, em francês:

— Vão passando o dinheiro e as joias.

Claudius não entendia francês, mas o assalto é uma língua universal. Se levantou calmamente, sem nenhum gesto brusco e respondeu em inglês:

— Meninas, por favor, voltem para o lugar de onde saíram. Meus princípios me impedem de bater em meninas levadas...

As duas punks guarda costas não sabiam inglês. Perguntaram para a primeira o que foi dito. A punk da frente ignorou as amigas, e respondeu em inglês:

— Cala a boca, coroa. Passa o dinhei...

Pof, pof, pof.

As punks não viram o que aconteceu, mas Claudius sim. Viu quando Alana se levantou da cadeira, correu por trás dele na direção das moças, acertou um cruzado no queixo de cada uma, alternando o punho direito com o esquerdo, depois continuou correndo contornando a mesa, voltou para sua cadeira e se sentou antes que as meninas desacordadas chegassem ao chão.

Ela estava arrumando o cabelo quando ele se sentou:

— Parece que elas te irritaram, querida.

— Eu não tenho os seus escrúpulos e posso bater em mulheres. E aquela abusada te mandou calar a boca e te chamou de velho. Só eu posso fazer isto!

— O pessoal daqui vai chamar a polícia. Voltamos para o hotel?

— Vamos caminhando. Ainda temos algum tempo até o Comandante Pierre nos levar. Gostei da ideia de irmos naquele avião novinho, só será devolvido dentro de três dias.

— E com Steve e Cora indo com a gente podemos nos distrair bastante. Alana, temos que pensar em outra coisa: nosso apartamento não tem espaço para receber visitas...

— Então vamos procurar uma casa maior. Que tal uma mansão no Morumbi?

— Você pensa grande, hein? Vamos vender o apartamento?

— Não, será nosso esconderijo secreto, para quando precisarmos nos esconder.

— Tomara que nunca seja necessário...

43 — Pedrinho

Conseguir este emprego foi realmente muito bom. Já tinha quase dois meses. O pessoal é legal, os chefes mais ainda. Mesmo tendo que ficar na portaria entre dezoito e dezenove horas, não era chato, o pior era ter que ir para a faculdade depois do expediente. Foi dona Alana em pessoa quem pediu para que ficasse na portaria por uma hora, até que o condomínio arrumasse os horários do pessoal da noite.

Foi ela também quem o contratou, como o Office-boy da LightYear, embora tivesse pouco trabalho. Para ocupar o tempo, ela e o senhor Claudius autorizaram que ajudasse os outros escritórios do prédio, mas só nas horas vagas. Se esforçava ao máximo para agradar a todos. E era bom ganhar horas extras.

Era fora do emprego que tudo ficava chato. Principalmente depois que terminou com Marquinhos na semana anterior, seu último namorado. Aconteceu no Shopping, quando os dois foram ao cinema. Muita gente diz que não tem preconceito, mas a realidade é bem diferente. Dois rapazes afeminados não podem nem andar de mãos dadas, que todos ficam reparando. E tem aquele monte de falsos moralistas fazendo piadinhas e agressões, fingindo que não tem sentimentos. Marquinhos é muito desbocado e não sabe conviver com isto. Brigaram entre si para não ter que brigar com todos.

Isto o fez tomar uma decisão: seu próximo namorado não seria afeminado. Tinha que ser um cara com jeito de homem, alguém que transmitisse medo e respeito, que o protegesse e não tivesse vergonha de andar ao seu lado, afastando qualquer encrenqueiro só com o olhar. Pena que esse cara não existe. Há muito tempo aprendeu que príncipes encantados eram uma coisa só de livros. E príncipes gays não existem nem em livros.

Para esquecer dos seus próprios problemas, se concentrava no trabalho e na faculdade. Algum dia seria alguém importante, como dona Alana e o senhor Claudius, podendo viajar pelo mundo por uma semana inteira, como os chefes fizeram. Tinha duas semanas que os dois voltaram de Paris, felizes e sorridentes, como se não houvesse problema nenhum no mundo. E tinham conseguido novos amigos, como aquele casal, o americano e a loirinha, que apareciam quase todos os dias no escritório e depois saíam, para voltar várias horas depois. O gringo nem falava português direito.

Estava tão compenetrado no trabalho e nos seus problemas que levou um susto quando viu aquele sujeito parado em frente ao balcão. Devia ter um metro e noventa, cheirando um perfume delicioso, usando um elegante terno azul escuro, gravata vinho sobre camisa de linho branca, óculos escuros e parecia ter surgido do nada. Devia ter vindo do estacionamento do subsolo, pela escada do fundo. O estranho era que o grandalhão perfumado não fez nenhum barulho.

Tirou os óculos revelando olhos puxados, e disse numa voz profunda, calma e autoritária:

— Estou procurando pela senhora Alana, da LightYear. Ela está?

O japonezão era de meter medo, só com o olhar.

— Só um momento, vou verificar...

Virou de costas para o homem, pegou o interfone e ligou para o número da chefa, que conhecia de cor. Quando a própria atendeu, falou baixinho:

— Dona Alana, a senhora não tem noção. Tem um pedação de mau caminho aqui, perguntando pela senhora...

— Pedrinho! Mais respeito. Perguntou o nome do homem?

— Moço, ela quer saber seu nome.

— Diga que é Noboiushi!

— Dona Alana, ele disse que é Noro Bush.

— O quê? O general está aqui? Pedrinho, não brinque com o general. Ele pode ficar muito violento quando fica nervoso. Peça que suba, estou aguardando em frente ao elevador.

— Pode subir. Décimo quinto andar, ela está esperando.

Alana estava surpresa com a visita inesperada, mas não tinha nenhum receio. Confiava no general. O recebeu no corredor e o guiou até a sala de reuniões.

— Que novidade! Não esperava sua visita.

— Eu precisava te ver uma última vez.

— O que quer dizer?

— Vou me entregar para os amigos Caçadores do seu marido. Quero que você me consiga uma morte rápida.

— Isso não existe. Vampiros sobrevivem, nunca se rendem e nem se entregam. O que aconteceu?

— Eu me perdi. Salvei você, traí o mestre, perdi tudo o que construí em quase quatro séculos, não tenho honra, nem alma e estou completamente sozinho...

— Não concordo. Você está vivo, pode recuperar tudo isto de volta, pode ter amigos. Pode se curar como eu, ganhar uma vida nova.

— Não vejo como. A propósito, como você se curou?

— Encontrei alguém que me ama. Você também pode. Só precisa encontrar uma mulher que aceite morrer por você, que te ofereça o sangue e a alma dela espontaneamente. Escolha bem, por que depois você pode curá-la da mesma forma e terá companhia para sempre.

— É alguma brincadeira? Estive com mulheres por quase quatrocentos anos, que só queriam ouro ou qualquer coisa de valor. Até as vampiras, só querem proteção.

— Não estou falando de prostitutas, embora alguma possa servir. Acho que vampiras não são adequadas. Precisa existir amor puro e sincero, sem interesse. Tente encontrar uma esposa ou alguém que o ame como uma filha e você voltará a ser humano e se livrará da sede. Acho que posso ajudar...

— Por que não quer que eu morra?

— Você é muito importante para simplesmente desaparecer. Seu conhecimento de estratégia, suas habilidades, todo o tempo que permaneceu com Shogun, não pode querer jogar tudo fora a troco de nada. Se cair nas mãos dos Caçadores eles vão te arrancar cada célula para tentar obter informações.

— Então me mate você mesma. Não posso fazer isto sozinho.

— Tenho uma ideia melhor. Conheço um monte de faculdades que tem cursos noturnos. Vou te conseguir um lugar como professor de história e geografia. Misture-se com os humanos, encontre uma pessoa disposta a te salvar.

— E os amigos do seu marido? Vão me caçar o tempo todo. Ainda sou um vampiro, preciso me alimentar.

— Não pegue inocentes, tem muitos humanos descartáveis. Não atraia a atenção e manterei os caçadores longe, mas não posso prometer isto por muito tempo.

Noboiushi ainda permaneceu mais meia hora conversando e sendo convencido por Alana. Mais uma das ideias birutas dela.

Foi questionado sobre o Japão:

— O que aconteceu depois que me libertou?

— Lutamos por algum tempo para dar uma chance do seu marido a tirar de lá. Quando o mestre ouviu o barulho dos ganchos sendo jogados sobre os muros, ele me esqueceu e fugiu. Na verdade, nenhum de nós tinha planejado matar o outro. Deixei que partisse. Ainda deve estar escondido em Tóquio, debaixo da saia de Miyasaka.

— É aquela Miyasaka, a que só usava quimonos rosa folgados?

— Ainda se lembra? Sim, é a mesma.

— Ela adorava levantar as saias e dançar para o mestre. E você, como escapou?

— Parti também, antes dos Caçadores invadirem. Conheço aquela região como a palma da minha mão. Nem precisei do Jipe escondido na floresta, o que usei para levá-la até lá.

Estava para sair, quando ela fez um pedido:

— Só mais uma coisa. Quero lhe apresentar uma pessoa muito especial.

Pegou o interfone e ligou para a sala ao lado:

— Querido, pode vir aqui? Quero que conheça um amigo.

Foi a primeira vez que os dois se encontraram frente a frente. O antigo samurai de um metro e noventa e o executivo de um metro e sessenta e cinco, ambos usando terno, camisa branca e gravata. Os dois únicos homens em todo o mundo que tinham duelado com o Imperador dos Vampiros e sobrevivido, e com o mesmo objetivo: salvar Alana. O general fez uma reverência à moda japonesa, que foi retribuída. Em seguida foi a vez de Claudius estender a mão, para um cumprimento ocidental.

O aperto de mãos foi forte o suficiente para quebrar o braço de um humano normal, mas naquele momento significava respeito e admiração entre dois guerreiros. O gesto provocou alguma coisa estranha e inexplicável em Noboiushi. Ou talvez tenham sido as palavras ditas por Claudius, com profunda sinceridade:

— General, é uma honra conhecê-lo pessoalmente!

Naquele momento Noboiushi SENTIU que o ódio que o alimentou por séculos se diluía, substituído por uma estranha paz interior. Podia CONFIAR que estava entre AMIGOS.

Não entendeu o que acontecia, por isso não demonstrou nada, recorrendo a frieza de seu treinamento secular.

Quinze minutos depois estava de volta ao corredor aguardando o elevador para descer, imerso em seus próprios pensamentos. Seus instintos o alertaram da chegada de mais alguém.

O garoto da portaria apareceu usando uma mochila nas costas, e parou ao lado dele, depois de conferir que o botão para descer estava iluminado. O olhava parecendo obcecado e parecia estar constantemente lambendo os lábios. Conhecia o tipo. Existiam muitos garotos como aquele nos muitos bordéis que frequentou. Até já tinha se alimentado de alguns.

Para reduzir o incomodo daquele interrogatório ocular estático, inexplicavelmente resolveu puxar conversa:

— Como se chama, garoto?

— Pedrinho. É verdade que o senhor é um general? Dona Alana que disse...

— Já fui, Pedrinho. Alana quer agora que eu me torne um professor. O que acha de história e geografia?

Há muito tempo Pedrinho tinha desenvolvido um esquema de defesa. Sempre respondia uma pergunta com outra:

— O que se aprende nestas matérias?

Resposta estranha. Não estava preparado para improvisar assim de supetão.

— Em história aprendemos fatos e feitos de grandes homens. Em geografia aprendemos sobre locais e até por onde aqueles grandes homens passaram...

— Adoro estórias e locais que tem homens grandes...

O elevador chegou. Pedrinho entrou na frente, rebolando, e se virou junto de uma das paredes laterais encostando a mochila no fundo, deixando espaço para o segundo passageiro. Estava sorrindo e ainda passando a língua pelos lábios.

Noboiushi entrou no pequeno espaço que sobrou, ficando a menos de um metro do garoto, ainda tentando assimilar a resposta que recebeu. Sentiu o perfume barato que o garoto usava. Lembrava uma antiga prostituta que conheceu na Espanha, muitos anos antes. Conhecia no mínimo uns trinta perfumes melhores que o garoto podia usar. Se pudesse ensiná-lo.

De repente uma estranha ideia maluca lhe ocorreu, como aquelas que Alana tinha:

— Pedrinho, o que acha de estudar um pouco de história e de geografia. Eu te ensino as matérias e você me ensina a ser um professor.

Pedrinho arregalou seus dois olhos claros e sorriu abertamente, mostrando que seu rosto afeminado tinha um sorriso muito bonito:

— Está falando de aulas particulares, só eu e o senhor?

— Acho que sim. Ainda não tenho nenhum outro aluno...

— Não tenho nenhuma aula na faculdade hoje. Podemos começar esta noite mesmo?

— Vamos precisar de alguns livros. Tem algum shopping aqui por perto que tenha livraria?

— E vou poder andar ao seu lado, no Shopping?

— Claro, por que não poderia?

O general sorriu também. Estava estranhamente leve depois da conversa com o casal, embora ainda sentisse a sede. Mas não pensava mais em morrer. De um momento para outro parecia que o mundo estava diferente, e ele SENTIA que ainda podia ser muito útil.

Alana Ghosten e o Resgate da Deusa

Epílogo

Espério estava terminando de arrumar a gravata em frente ao espelho do quarto de hotel, sem poder esconder seu nervosismo. O que o incomodava não era ser o padrinho do casamento e nem eram os anúncios que faria para a organização. Quase isso, mas era pior. Tentava se acalmar conversando, falando alto na direção da porta aberta do banheiro, para sobrepujar o barulho do chuveiro.

— Ainda não consigo acreditar que tínhamos todos os ingredientes e não vimos a receita. Foi preciso Alana nos mostrar o "como fazer"...

Uma voz falou no banheiro:

— De que ingredientes você está falando?

— Não percebeu as semelhanças? Morrer por amor e ressuscitar... Sangue e corpo oferecidos para a salvação, em troca da vida eterna...

O chuveiro se silenciou ao ser desligado. A voz se ouviu mais alta:

— Está se referindo ás Sagradas Escrituras?

— Claro. Crucificação e Comunhão. Acho que se procurarmos com mais cuidado podemos encontrar mais pistas...

Alice saiu do banheiro enrolada em uma toalha, secando os longos cabelos negros com outra.

— E que tipo de pistas acha que pode encontrar?

— O objetivo de tudo isto, o prazo para que aconteça, outros ingredientes ou receitas.... Talvez eu crie um grupo de estudo para agentes treinados procurarem...

— Acho que você ficou obcecado.

— Estou mesmo. Não paro de pensar nas possibilidades. É um plano mais do que perfeito, é.... Divino! Imagine, cada vez que os vampiros fizerem uma vítima, nós podemos reverter o processo e ganhar dois guerreiros, com os mesmos poderes e movidos pelo mais puro amor. Quanto mais o mal trabalhar, mais ficaremos fortalecidos, até o momento em que o amor dominar a todos.

— Você é otimista demais. Pense que para toda ação tem uma reação. Como acha que nossos inimigos vão reagir?

— Talvez eles não tenham tempo de reagir. Há um mês nem imaginávamos que isto fosse possível, hoje já temos quatro guerreiros de amor. Estamos vendo o nascimento de uma nova espécie criada especialmente para combater o mal....

— Guerreiros de Amor? Gostei do nome. Acho que Alana também vai gostar. Mas vamos nos apressar, o trem sairá logo.

Os dois eram padrinhos de Cora, no casamento que aconteceria no dia seguinte em Londres. Claudius e Alana foram convidados para padrinhos de Steve. Joan, a agente britânica da turma de Cora organizou tudo, incluindo a Abadia onde a cerimonia seria realizada e o Clube de Golfe, onde haveria a recepção. O primeiro casamento entre agentes na ativa, em toda a história dos Caçadores.

Todos os agentes de folga na Europa confirmaram presença, e era onde Espério planejava fazer dois anúncios importantes, talvez três. O terceiro era o que estava acabando com os nervos dele. Tinha planejado resolver o impasse ali mesmo naquele quarto de hotel, onde veio se encontrar com Alice antes de pegarem o trem bala para Londres, mas viu que não era o local mais adequado.

No bolso do paletó dele, ao lado da Jedi, estava uma caixinha com o anel de diamantes que unificaria as vidas dos dois. Mas não conseguia decidir se fazia o pedido antes, durante ou depois do casamento de Cora e Steve.

As outras duas decisões foram fáceis: uma seria o anuncio público do seu relacionamento com Alice, agora que os protocolos que proibiam relacionamentos na Organização foram revogados. Aliás, nunca poderia imaginar o volume de agentes que mantinham casos em segredo e agora se revelaram. Alice desconfiava que vários eram apenas por interesse: se agentes partissem em missões esperando ser mordidos e depois ressuscitados, aquilo podia se tornar um problema muito sério. Era um assunto para discutir com Alana.

O segundo anuncio era ainda mais fácil. Já tinha algum tempo que Kawasaki, seu velho amigo, havia pedido afastamento por aposentadoria. Na recepção depois do casamento, seria anunciado o nome da próxima pessoa a comandar a Base Tóquio. Quando os agentes japoneses souberam que só faltava o nome para a sucessão, todos fizeram a mesma escolha. Apesar da conhecida xenofobia típica dos japoneses, que sempre tinham restrições para com estrangeiros, a pequena russa sardenta Irina Skopova foi escolhida por unanimidade por toda a base. Todo o mérito era fruto do trabalho da ruivinha. Só faltava efetivar a nomeação.

Ainda estava perdido em seus pensamentos quando seu celular tocou. Só podia ser uma emergência. Apertou o botão do viva voz, para que sua futura esposa também ouvisse:

— Pronto. Espério aqui.

A voz metálica que saiu do aparelho parecia nervosa:

— Comandante, é o Agente Kuato. A base Tóquio está exposta.

A expressão significa que a base foi descoberta pelo inimigo. Kuato eficientemente estava seguindo o protocolo, o avisando.

— Vocês estão sob ataque?

— Não, Comandante. Recebemos um fax, um pedido de ajuda... Escaneei e coloquei no sistema...

Espério indicou seu Tablet sobre a cama para Alice, que correu para ligá-lo com tanta pressa que deixou cair a toalha que cobria seu corpo perfeito e quase nu, protegido apenas por uma calcinha.

O Comandante fez um esforço enorme para manter a concentração na conversa. Acabou de tomar sua terceira decisão: o vagão restaurante do trem tem o clima perfeito.

Alice encontrou o documento no sistema, o abriu e mostrou para o chefe, amigo e futuro marido uma folha em papel timbrado, com duas frases datilografadas em inglês, bem no meio da página. Diziam:

"Eles estão juntos. Precisamos da sua ajuda."

Espério observou a tela por apenas uns poucos segundos, antes de responder para Kuato:

— Responda de volta para o mesmo número, três palavras apenas. Diga: "Ajudaremos. Mandem instruções.". Depois envolva Borislov, até sua nova comandante estar de volta. E me mantenha informado.

Kuato agradeceu e desligou.

Alice o olhava interrogativamente, sentada na cama, sem se importar por estar quase nua.

— Como decidiu tão rápido?

— Reparou no logotipo no papel?

— Parece as letras LH entrelaçadas, em estilo gótico rebuscado. Lembram nossos logotipos, de longe.

— Sabe por que nossa organização usa as letras VH?

— Claro, é uma homenagem a um dos nossos membros mais ilustres, o Doutor Van Helsing.

— Mas nossos agentes pensam que é abreviação de "Vampire Hunters", caçadores de vampiros...

— E o que acha que seja LH?

— Nossos meio irmãos, os "Lycan Hunters", Caçadores de Lobisomens...

Sobre o Autor

Clovis Nicacio usa a experiência adquirida em noites mal dormidas, com patrões chupando sangue, de quando era Analista de Sistemas, para criar cenários, personagens e situações possíveis, dentro do mundo ficcional.

Além de vampiras, também escreve sobre viagens espaciais, planetas habitados por estranhas criaturas, preconceito, ação, romances inusitados e todo tipo de situação. Algumas personagens fogem do universo onde foram criadas para ganhar vida autônoma em publicações próprias. É autodidata e um eterno pesquisador, sempre aprimorando as técnicas de escrita aplicadas em todas as criações.

Alana Ghosten e o Resgate da Deusa

Sobre a Casa do Escritor

A Casa do Escritor é uma consultoria de autopublicação independente que presta serviços e auxilia escritores no processo de publicação e divulgação de seus livros. Se você tem interesse em publicar e lançar um livro, envie um e-mail para eldes@lanceumlivro.com com o assunto CASA DO ESCRITOR.

Conheça os livros publicados em casadoescritor.com.br

Alana Ghosten e o Resgate da Deusa

www.ingramcontent.com/pod-product-compliance
Lightning Source LLC
Chambersburg PA
CBHW031338170626
46807CB00002B/758